AF139298

Tod eines Bodengutachters

1. Auflage März 2016

Copyright 2016 by Andreas Belke Coverzeichnung
A. Belke
Korrektorat: Johannes Wulf, www.wulfwebworks.de
Herstellung und Verlag: BoD - Books on Demand,
Norderstedt
ISBN 978-3-7392-4283-5

Ähnlichkeiten mit lebenden oder toten Personen sind rein zufällig. Ähnlichkeiten mit Orten, wenn sie im Fokus dieses Buches stehen, sind frei erfunden. So gibt es keine A11 in der Nähe Berlins und in der Gemeinde Michendorf auch kein A11-Center.

Es gab und gibt natürlich Baustellen von Einkaufszentren. Aber mir ist keines bekannt, bei dem ein toter Bodengutachter gefunden wurde. Damit ist dieser Baustellenkrimi ein Gebilde meiner Fantasie.

Andreas Belke

Tod eines Bodengutachters

Ein Baustellenkrimi

Für meinen verstorbenen Freund Thomas, der wusste, was PAK
sind.

Prolog

Der Flug war ruhiger gewesen, als ich erwartet hatte, und beim Landeanflug auf Berlin-Tegel hatte ich nicht an die zweimotorigen Propellermaschinen von Germanwings, die diese Strecke regelmäßig flogen, gedacht. Meine Gedanken waren bei den Rosinenbombern, die auch hier, mitten im nun schon seit 5 Jahren wiedervereinigten Berlin, gelandet waren. Doch hatte es in den C-54ern bestimmt nicht so eine leckere Schokolade gegeben, wie die, die im Flugzeug beim Start verteilt worden war. Meine Sitznachbarin hatte mir ihre abgetreten und die freundliche Stewardess hatte mir eine weitere Schokolade zugesteckt.

So hatte ich einen Mietwagen am Flughafen Berlin-Tegel in Empfang genommen. Einen 3er BMW, standesgemäß für junge Bauleiter. Mit dem Stadtplan auf dem Beifahrersitz war ich hoch konzentriert und nervös durch die Stadt gefahren. Ich war unsicher gewesen und hoffte, dass es kein Fehler gewesen war, nach Berlin zu fliegen; die ersten Eindrücke waren einschüchternd. Was ich insgeheim auf den Umstand zurückführte, dass ich als Landei – Gronau war verglichen mit Berlin ein Dorf – in einer Großstadt gelandet war.

Ich arbeitete seit drei Jahren bei der Wilaplago, so lautete der intern verwendete Name der ‚Wilhelm Lahmann Planung Gronau‘. Hier hatte es in der Woche vor meinem Flug eine Besprechung gegeben. Mein Chef hatte mich und meine Kollegen zu sich gerufen und jemanden gesucht, der auf unserer Großbaustelle in der Nähe von Berlin als Bauleiter tätig werden sollte. „Mein Freund Egbert sucht einen neuen Bauleitungsassistenten. Wir haben nun schon den fünften externen Bauleiter verloren." „Was heißt hier verloren?", hatte ein Kollege gefragt. „Ist er getötet worden?" Allgemeines Gelächter hatten diese Frage quittiert. „Ne, der war auch zu doof. Ich will jetzt einen von euch zu Berti schicken."

1

Nach den letzten Monaten in dem Büro hatte ich erkannt, dass ich nicht als Statiker ein großer Bauingenieur werden würde; ich hatte meine Zukunft in der Projektsteuerung gesehen: da wurden die Macher geboren. Als Bauleiter war der Weg zur Projektsteuerung nicht mehr weit, dachte ich mir. Damit hatte ich meine Chance gewittert und, noch bevor irgendjemand von meinen Kollegen etwas hatte sagen können - und ein oder zwei andere Kandidaten warteten auch auf eine solche Chance -, war ich es gewesen, der etwas gesagt hatte.

„Ich gehe!"

Direkt nach meinem Vorpreschen war mir schon das Herz in die Hose gefallen. Ich hatte gleich Zweifel gehabt, ob es die richtige Entscheidung gewesen war. Im Büro war es warm und trocken. Auf der Baustelle wehte ein kalter, rauer Wind, teils mit Schneeregen vermischt; so ging es aus manch einem Bericht der älteren Kollegen hervor, die niemals freiwillig ihren Schreibtisch verlassen würden.

Mein Chef hatte mich dann später zu sich gerufen und die Einzelheiten mit mir besprochen. Bei mir war nicht viel hängen geblieben, nur, dass er gesagt hatte: „Beermann, ich weiß, Sie sind der Beste, den ich für die Aufgabe finden konnte. Ich brauche jetzt 110% von Ihnen und ich weiß, die geben Sie mir!"

Der „Beste", das war gut gewesen. Die Kollegen hatten mir später anvertraut, dass sich außer mir trotz meiner anderslautenden Ahnung ohnehin keiner melden wollte! Mit der Zielvorgabe von 110% war das auch so eine Sache! Ich hatte bislang schon immer mit 90% meine Mühe gehabt! Ich hatte direkt gewusst, dass hier unterschiedliche Vorstellungen der Pflichterfüllung aufeinandergetroffen waren.

Susanne, meine Freundin, war zudem nicht so erbaut von der Tatsache gewesen, dass ich nur noch alle 14 Tage bei ihr sein würde. Ich hatte ihr erklärt, dass auf dem Weg zu einer großen

Karriere als Bauingenieur eben auch Bauleitung stehen müsste. Wie ein ganzer Mann und erst recht Bauleiter hatte ich ihr nichts von meinen Zweifeln erzählt. Bauleiter erzählen nicht, die machen.

So in Gedanken waren die Vororte Berlins hinter mir geblieben. Über die A115 ging es aus Berlin heraus und ich hatte mit zunehmender Ländlichkeit, die mich teilweise an das Münsterland erinnerte, meine Sicherheit wiedergefunden. Einmal Landei, immer Landei.

Schon kurz nachdem ich auf die A11 abgebogen war, hatte ich die Baustelle von der Autobahn aus gesehen. Eine ehemalige Kaserne der NVA war das Baugrundstück für das Einkaufszentrum, das ich fertigstellen wollte. Ein großer Teil des Gebäudes stand jedoch schon. Daran waren eben meine Vorgänger verschlissen worden. Noch nicht begonnen worden war die vorgelagerte Shoppingmall. Andere zentrale Teile des 120.000 Quadratmeter großen Komplexes hatten noch zu Ende fertiggestellt werden müssen. Trotz meiner bisherigen Zweifel hatte ich mich auch ein bisschen gefreut, wieder eine neue Aufgabe zu haben. Es galt, alle Handwerkszweige des Bauhaupt- und Baunebengewerbes zu beaufsichtigen. Bei der Bearbeitung der Statik hatte ich den Komplex auf den Plänen bereits kennengelernt. Somit war mir die Orientierung, schon von der Autobahn aus, nicht schwergefallen. Ich hatte damit die Chance gesehen, die Baustellenrealität kennenzulernen; meine Zweifel hatten sich schneller zerstreut als sie gekommen waren.

Dienstag, 13. Juni

Die staubige Einfahrt zur Baustelle nehmend, sah ich in der Mitte der zukünftigen Parkplatzanlage die gelben und orangen Container, zweigeschossig angeordnet. An dem oberen war ein Schild angebracht, das aus der Ferne schon signalisierte, dass hier das

Zentrum des Geschehens war: die Oberbauleitung. Die Container standen auf dem ehemaligen – mindestens zwei Fußballfelder großen - Appellplatz der NVA, dessen Betonplatten zahlreiche Risse aufwiesen, aus denen ungehindert Wildkraut spross. Dieses hatte sich auch nicht durch die vielen kleineren Material- und Personalcontainer der vielen Baufirmen, die hier Arbeit gefunden hatten, stoppen lassen. Vor den Containern der Bauleitung parkte ich den geliehenen 3er BMW. Mein Fuß hatte noch nicht den Kasernenboden berührt, als schon jemand brüllte: „Hey du Blödmann, hier kannst du nicht parken". Ein rotgesichtiger, dürrer Mann in khakifarbenem, kurzärmeligem Hemd, kurzer Hose und mit krausem Haarkranz gestikulierte mit den Händen ein „Fahr weg!". Ich war anscheinend auf einen ehemaligen Offizier der NVA gestoßen, der mich an Alec Guinness in *Die Brücke am Kwai* erinnerte und der noch nicht wusste, dass hier der Ton eines Kasernenhofs nicht mehr angebracht war.

Ich öffnete die Tür nun vollständig. Das Rauschen der nahegelegenen Autobahn drang zu mir.

„Stell die Kiste da hinten ab! Bist du der Neue?" Er nahm einen großen Schluck aus einer Getränkedose und schleuderte diese auf einen nahen Müllberg, auf dem bereits einige weitere Dosen gelandet waren, und trat näher an das Geländer des Treppenpodestes heran. Das Scheppern der Weißblechdose war deutlich zu vernehmen. Die weißen, dürren Beine des NVA-Reliktes, die deutlich sichtbare Krampfadern zeigten, schimmerten hinter dem Geländer. Die weite kurze Hose gewährte mir, dem unten aus dem Auto nach oben schauenden, einen tieferen Blick an den Beinen entlang in eine hilfreich verdeckende Schwärze.

Sollte diese Figur vielleicht kein NVA-Relikt sein, sondern mein neuer Vorgesetzter? Der war bestimmt nicht mein Wunschkandidat. Ich hätte mir einen feingeistigen Teamplayer mit einer humanistischen Schulbildung und mindestens 40 Jahren Führungserfahrung gewünscht.

„Wenn Sie mit dem ‚Neuen' den neuen Bauleiter meinen, dann stimmt das. Ich bin …" Weiter kam ich nicht. Die Halsschlagader, die deutlich sichtbar unter der faltigen Haut des obenstehenden hervortrat, kündigte einen neuen Wortschwall an.

„Der Bauleiter hier bin ich, du bist mein Assistent und Mädchen für alles. Kapiert? Willi hat mir versprochen, dass er mir diesmal nicht so eine Pflaume schickt, die nach vier Wochen wieder die Segel streicht. Er sagte mir, du bringst mindesten 125%. Ich bin mal gespannt. Fahr das Auto da hinten hinter den Container!" Mit jedem Wort, das er gesprochen hatte, meinte ich diese imposanten Adern an seinem Hals pulsieren zu sehen. Der Mann musste noch andere Probleme haben als mich als neuen Bauleiter. Wobei ich mich nicht als Problem sehen durfte, das war völlig destruktiv. Wie das mit den nun schon 125% werden würde, blieb abzuwarten.

Er drehte sich um und blickte über die Schulter zu mir, als er wieder im Container verschwinden wollte. „Ach, ich bin im Übrigen Egbert Franke, dein neuer Chef!"

Damit wurde mir klar, der Ton eines Kasernenhofes und der einer Baustelle unterschieden sich nicht großartig. Der vermeintliche NVA-Offizier schien ja ein interessanter Typ zu sein, mit dem würde ich bestimmt noch viel Freude bekommen. Gut, dass ich bereits mit übermütigen Architekten meine Erfahrung gemacht hatte.[1]

Ich stellte das Auto auf den gewiesenen Platz und stieg die Treppe hoch. Oben auf dem Container saß ein Spatz, er hatte sich die ganze Begrüßungszeremonie angesehen. Die Spatzen würden

---

[1] Andreas Belke: Der Havixdorf-Komplott

es bis nach Gronau von den Dächern pfeifen, wie ich hier empfangen worden war. Dabei hatte ich mir fest vorgenommen, den Wahlspruch von Julius Caesar zu beherzigen: „Veni, vidi, vici". Der erste Aufschlag hatte anders ausgesehen.

Anklopfend trat ich ein. Franke saß an einem Tisch und sah sich ein paar großformatige Pläne an. Auf der anderen Seite des Dreifachcontainers saß eine wasserstoffblonde Frau. Zumindest deuteten die langen Haare auf ihr Geschlecht hin. Denn weder Franke noch die Dame sahen zu mir, so dass ich Gelegenheit hatte, die spärlichen und schmucklosen Einrichtungsgegenstände zu betrachten. Ein aus drei Tischen zusammengestellter Besprechungstisch mit den entsprechenden verblichenen orangefarbenen Kunststoffschalenstühlen stand in der Raummitte. Ein Schrank und mehrere offene Regale, das Fenster idealerweise auslassend, säumten die linken Wände. Auf einem Kühlschrank stand eine Kaffeemaschine, die aussah, als wären damit schon ganze Armeen mit Kaffee versorgt worden. Aus der gläsernen Kaffeekanne, die auf der wärmenden Platte der Maschine stand, quoll der Duft alten Kaffees.

Ich räusperte mich. „Hallo, ich bin Adrian Beermann." „Sei ruhig, ick höre jrad das Band ab", fauchte die Dame. Franke sah mich an, grinste und legte den Zeigefinger auf die Lippen. Er flüsterte: „Setz dich, sonst gibt es mit Frau König Ärger."

Also setzte ich mich brav an den Tisch und sah mich weiter um. Der Raum war stickig und verqualmt, hier rauchte jemand. Franke ansehend zog ich wortlos meine Schachtel „Lucky Strike" aus dem Hemd und bot ihm eine Zigarette an. Eigentlich wollte ich ja aufhören zu rauchen. Doch als ich wusste, dass ich als Bauleiter arbeiten würde, war ich von Gronau aus noch schnell über die Grenze in die Niederlande gefahren und hatte mir eine Stange Zigaretten gekauft. Bauleiter müssen rauchen, davon war ich fest überzeugt.

Franke nahm eine und schleuderte einen Stapel Pläne über den Tisch. „Such mal den aktuellen von Bauteil VIa. Was hast du mit deinem Hemd gemacht? Ist ja scheißenbraun!" Ich sah auf meine Brust und tatsächlich, ein brauner Fleck breitete sich auf meiner linken Brust aus. Ich hatte offensichtlich die dritte Schokolade aus dem Flugzeug in der Brusttasche meines Hemdes stecken lassen.

Den Plan fand ich auf einem wilden Haufen achtlos gestapelter Pläne auf einem Tisch am Eingang des Containers. Die Dame tippte den Text zu Ende. „Ick bin Helga König und die Sekretärin für diesen Hofen, das seid ihr doch, nicht wahr, Berti?", berlinerte sie.

„Sind denn noch mehr Bauleiter hier?", wollte ich nun wissen.

„Nicht für die Wilaplago. Die Mieter, die ihre Mietbereiche bereits ausbauen, haben in den unteren Containern ihre Büros für deren Bauleiter und das sind alles Baustellensöldner, so wie der da." Ihr Kopf ruckte zu Franke. Der sah auf und grinste sie an. „Na hör mal, du Ossitussi, wenn ihr erst so spät zu uns heim ins Land kommt, dann muss ich ja wohl durch euer Land ziehen, um blühende Landschaften zu bauen! So, Beermann genug geplaudert, es ist fast Mittag und du hast noch genug Arbeit vor dir. Ich glaube, du wirst den Sisyphos noch beneiden. Hier ist der Planschrank. Da weiß keiner mehr, was gültig ist. Ordne die erst mal. Und vergiss die auf dem Tisch nicht."

Sein Kopf ruckte zu einem weiteren Tisch, der in einer Ecke stand und dem ich noch keine Beachtung geschenkt hatte, weil er über und über mit Plänen bedeckt war.

„Heute Nachmittag ist um 14:00 Uhr eine außerordentliche Baubesprechung, hier eine Liste mit Plänen, die ich dann sofort benötige. Den Rest kannst du später ordnen."

„Wo gibt es denn hier etwas zu essen?" Ich hasste es, hungrig zu arbeiten, und ich hasste Aktenarbeit, insbesondere Pläne zu sortieren. Wie schön würde es sein, wenn man die alle auf dem Bildschirm ansehen könnte.

„Man Beermann, du musst noch viel lernen. Trink dir einen Kaffee und rauch dir eine, gegessen wird heute Abend im Hotel, kapiert? Bauleiter essen nicht! Du bist ohnehin viel zu fett." Er verschwand die Tür hinaus. Auch wenn ich mittlerweile wohl genährt war, so war ich nicht fett. Ich murmelte hinter ihm her: „Blödmann".

Frau König sah mich mit schräg gelegtem Kopf an. „Der ist janz lieb, er bellt nur gerne. Ick habe immer ein paar Buletten und Schrippen hier im Kühlschrank. Kannst de was abhaben. Ich heiß übrigens Helga."

„Adrian, und danke, das hilft mir über den Tag. Was ist das heute Nachmittag denn für eine Besprechung? Kann ich auch daran teilnehmen?"

Besprechungen waren für einen Bauleiter wichtig. Da wurde alles geklärt und man musste nicht in irgendwelche Unterlagen reinsehen. Davon war ich fest überzeugt.

Ich nahm teil. Ab 13:30 Uhr trafen die wichtigen Leute ein, der Statiker Büker mit seinem markanten Humphrey-Bogart-Haarschnitt aus unserem Berliner Büro war der erste, der kurzatmig die hölzerne Treppe zu dem Bauleitungscontainer hochkraxelte, er schnaufte vernehmlich und sein eng sitzendes Oberhemd zeigte Achselnässe, als er die neuen Bewehrungspläne auf den Tisch legte. Hoffentlich verwandelten die Bakterien unter seinen Armen diese Körpernässe nicht sofort in unangenehme Duftstoffe.

Der niederländische Stararchitekt, der sich durch sein schwarzes Outfit mit orangenem Einstecktuch zu erkennen gab, setzte sich neben den kräftigen, pockennarbigen Haustechniker, dessen Name mir nicht einfallen wollte.

Dieser begrüßte den Statiker mit: „Ich habe da noch ein paar

Durchbrüche durch den Überzug. Für die Absaugung der neuen Pommesbude und für das Kühlgerät oben auf dem Dach müssen wir die Lastannahmen erhöhen!"

Mit dieser Information entbrannte eine hitzige Debatte, die Franke donnernd unterbrach. „Seht zu, dass ihr das Problem in den Griff bekommt. Fragt den Käsekopp, was er sich dabei gedacht hat, die Pommesbude dort unterzubringen. Wo bleibt denn eigentlich unsere Wühlmaus? Kaul muss sich unbedingt noch den Boden für die Einzelfundamente in der Spiegelachse ansehen."

„Herr Franke, ich muss gegen ihren rüden Ton protestieren, ich werde mich bei Frau Wolski-Zeizig beschweren", klagte der Architekt, ausschweifend gestikulierend.

„Mann Meijer oder sollte ich Frau sagen? Die Dame hast du noch nie zu Gesicht bekommen. Ich bin dein Ansprechpartner! Außerdem, stell dich nicht so an, du bist hier auf der größten Baustelle deines Lebens und da geht es etwas rauer zu. Sieh zu, dass du die Probleme hier löst!" Franke schlug mit der flachen Hand donnernd auf die Tischplatte.

„Und Beermann, sieh zu, dass du den Bodengutachter auftreibst, der läuft irgendwo auf der Baustelle rum. Kennst du den?" „Ja klar, Herr Franke, oder sollte ich General Franke sagen?"

Franke hob grinsend die Hand zum symbolischen Schlag hoch und ich sprang aus der Tür raus. Dabei wäre ich fast mit meinem Chef zusammengestoßen, der einen gänzlich grau gekleideten Herrn begleitete.

„Sehen Sie, Herr Otto, das ist unser neuer Bauleiter Herrn Beermann, er scheint den Elan zu haben, der den bisherigen fehlte."

„Na, das wollen wir hoffen. Viel Erfolg bei der Arbeit, junger Mann." Mit einem Dank stürzte ich an den beiden vorbei zu dem Bereich, der noch Bodenuntersuchungen zulassen könnte.

Ich fand Herrn Kaul, den Bodengutachter, in dem Graben für den zentralen Fluchttunnel. Er kroch auf dem gelösten Boden herum und schien ganz versunken zu sein.

„Herr Kaul, Sie werden bei der Baubesprechung gebraucht. Wir warten schon auf Sie."

„Ich muss hier erst noch etwas prüfen. Hier stinkt es." Er richtete sich mühsam auf, zog seine Hose hoch, die unter seinen fleischigen Bauch gerutscht war, und richtete seine Haare aus. Er trug eine Perücke. „Ach Herr Beermann, Sie sind jetzt auch hier." Er blinzelte mich über seine goldfarbene, staubige Nickelbrille, in der sich die Sonne spiegelte, an. „Kommen Sie mal hier runter. Hier riecht es doch nach Mottenkugeln."

„Man, Herr Kaul, mein Chef und Herr Franke haben keine Geduld, die warten nicht ewig! Ihre Anwesenheit ist offensichtlich notwendig."

„Nun springen Sie schon in die Grube, ich will nur wissen, ob ich richtig rieche!"

„Und wenn schon, warum soll es nicht nach Mottenkugel riechen?"

„Sie sind doch bestimmt der neue Bauleiter? Dann sollten Sie wissen, dass der Geruch von Mottenkugeln ein Indiz für eine PAK-Belastung ist."

„PAK?"

Auch wenn ich das hätte wissen müssen, waren doch Baugrundlehre Bestandteil meines Studiums gewesen, hatte ich im ersten Augenblick bei PAK an eine Panzerabwehrkanone gedacht, so wegen der Wiedervereinigung und NVA und alter Kaserne.

„Ja, das sind polyzyklische aromatische Kohlenwasserstoffe und die sind, wie Sie wissen sollten, sehr giftig."

Ich sprang über die steile Böschung mit ein paar Sätzen in die tiefe Grube. Augenblicklich wurde es etwas leiser. Der lockere Boden verschluckte die Umgebungsgeräusche sehr effektiv. Es roch, aber ob das der verschwitzte Bodengutachter war oder etwas Anderes, konnte ich nun wirklich nicht sagen. „Ich rieche nichts. Aber das soll nichts heißen; meine Freundin riecht auch immer mehr als ich. Also kommen Sie nun mit?"

„Gehen Sie schon vor! Und berichten Sie, dass ich hier noch etwas untersuchen muss." Aus seinem schwarzen Pilotenkoffer holte er ein Glas und etwas Wasser. Mit einer kleinen Schaufel, so wie Kinder diese im Sandkasten einsetzen, füllte er Boden in das Glas und verrührte diesen mit dem Wasser. Ich wartete nun darauf, dass er das Glas umstülpte und einen schönen Matschkuchen bekommen hätte. Doch ein Griff in den Koffer förderte einen kleinen Papierstreifen hervor. Diesen legte er in die Matsche. „Wenn mir nichts dazwischenkommt, bin ich in 15 Minuten im Container! Ich muss Herrn Lahmann noch unbedingt sprechen!"

Die hitzige Besprechung wurde nicht durch mein Eintreten in den Container unterbrochen. Ich ging zu meinem Chef und berichtete, dass Kaul ihn noch unbedingt sprechen wollte.

„Da muss er sich aber beeilen, ich muss gleich weiter. Sie und Herr Franke regeln das hier schon."

Das war ein Vertrauensbonus, den ich brauchte. Eine solche Aussage eines Chefs, die motiviert und treibt an.

20 Minuten später verabschiedeten sich Lahmann und Otto. Ich ging mit Lahmann nach unten, da er noch Unterlagen für Franke im Kofferraum hatte, die ich tragen musste. Bauleiter waren auch Laufburschen.

Mit zwei Ordnern unterm Arm die Treppe hochsteigend, sah ich Otto mit seinem Benz losfahren und Lahmann stand an der Tür seines 7er BMW und winkte jemanden zu. Es war Kaul, der da angelaufen kam. Er winkte ganz aufgeregt.

„Beermann, was läuft da für ein Rock her oder warum stehst du da zu glotzen. Ich brauch' die Unterlagen noch heute!" Franke stand oben auf dem Treppenpodest vor dem Container und zeigte auf die Unterlagen auf meinen Armen. „Ich warte!" Er zeigten seinen ganzen Charme. Ich beendete meine Beobachtung.

Tatort Baustelle

Samstag, 17.Juni

Ich hatte mein Zimmer im 3S, so wurde das Seehotel Seddiner See auf der Baustelle genannt, bezogen, aber noch nicht viel von dem imposanten Bau, der erst vor zwei Jahren fertiggestellt worden war, gesehen. Gänzlich verborgen geblieben war mir der Wellness-Bereich des Hotels. Die wenige freie Zeit hatte ich entweder im Frühstücksraum oder an der Bar verbracht. Die Gespräche mit den anderen Baustellensöldnern, so wie Helga es ausdrückte, waren sehr interessant, deuteten jedoch auch auf die Schwierigkeiten des Berufs als Bauleiter hin. Zudem erfuhr ich, dass Franke, den einige bereits von früheren Bauvorhaben kannten, eigentlich Gröbaz heißen würde. Ich solle ihn ruhig so nennen. Auf meine Nachfrage, was das bedeuten solle, erklärten mir die Kollegen: „Größter Bauleiter aller Zeiten!" Es waren ausgelassene Abende gewesen.

Am anderen Tag war mir eingefallen, dass es bereits eine vergleichbare Abkürzung wie Gröbaz gab, nur, dass diese nationalsozialistisch vorbelastet war. Dennoch war Gröbaz passend.

Trotz dieser ausgelassenen Abende hatte ich bis einschließlich Freitag das Plan-Chaos beseitigen müssen. Es war eine für einen Bauleiter unwürdige Arbeit. Ich wusste nun, was Franke mit dem Sisyphos gemeint hatte. Am Freitagnachmittag hatte mir Franke mitgeteilt, dass ich am Samstag um 5:00 Uhr auf der Baustelle die nächtliche Betonage der restlichen Einzelfundamente überprüfen sollte; die Rohbaufirma wäre da immer etwas nachlässig, insbesondere, wenn nachts durchgearbeitet würde. Ich würde ja ansonsten ohnehin nur im Hotel „abhängen" und das wäre für einen jungen Bauleiter indiskutabel. Gut, dass ich nicht geplant hatte, nach Hause zu fahren.

So hatte ich mich um 4:40 Uhr von der Concierge des 3S wecken lassen und widerwillig aus dem Bett geschält. Ich konnte mich nicht erinnern, dass ich schon einmal um diese Uhrzeit aufgestanden war und hoffte, dass das erst wieder mit Einsetzen der senilen Bettflucht so sein würde. Frühstück gab es erst ab 7 Uhr.

Als ich aus dem Hotel heraustrat, wären Naturfreunde entschädigt worden. Die Sonne kündigte einen schönen Tag mit einem wunderschönen Sonnenaufgang an. Vögel begleiteten diese Ankündigung mit allerlei scheinbar willkürlich abgegebenem Gezwitscher, das noch nicht durch Straßenlärm übertönt wurde. Dennoch erreichte mich diese Stimmung um 4:50 Uhr in der Frühe nicht. Gleichwohl freute ich mich aber auf meine erste richtige Arbeit als Bauleiter.

Mit meinem Baustellenfahrrad, einem älteren Damenrad mit einer Dreigangschaltung und Lenkergriffen parallel zum Rahmen, ging es zu meiner Arbeitsstätte. Den BMW hatte ich auf Weisung meines Chefs wieder abgegeben. „Das Auto brauchen Sie jetzt ja nicht mehr, Sie sind ja die ganze Woche hier auf der Baustelle." Eine Argumentation, der ich mich nicht verschließen konnte, die mir jedoch nicht wirklich gefiel. Der BMW war schon ein für Bauleiter würdiges Auto.

Die 2 Kilometer waren schnell zurückgelegt. Auf der Baustelle war es sehr ruhig, kein Bauarbeiter weit und breit. Waren die etwa alle schon weg? Franke hatte doch gesagt, dass die ganze Nacht gearbeitet würde und die Nacht war, nach meiner Definition, noch nicht rum. Es war sehr still, nur die jetzt hörbare nahe Autobahn übertönte die frühmorgendliche Ruhe und auch das eben schon wahrgenommene übliche Gezwitscher, dem Ornithologen viel abgewinnen können.

Die Nacht trug immer noch die Wärme des Vortages; auch heute

14

würde es wieder sehr heiß werden. Damit war es wichtig, dass die Beton-Nachbearbeitung sorgfältig ausgeführt wurde. Denn sonst würden es Risse im abhärtenden Beton geben. Ich hatte gestern noch schnell Thomas, einen vertrauensvollen Freund, angerufen, der mich in die bislang unbekannten Geheimnisse der Betonnachbearbeitung eingewiesen hatte. Gut, dass ich solche Freunde hatte. Er hatte keine Fragen gestellt, mir ohne Wenn und Aber das nötige Wissen vermittelt.

Mein Fahrrad stellte ich wie schon gewohnt am Container ab.

Mir war etwas mulmig zumute, als ich so alleine über die Baustelle zum Baufeld lief. Mein Blick huschte zu den vielen Schatten, die das frühe Licht warf. Überall konnte Gefahr lauern. Meine Nackenhaare stellten sich auf. Ich schrak zusammen, meinen Weg kreuzte ein Tier. Es huschte so schnell über den Boden, dass ich nicht erkennen konnte, was es war. Vermutlich hatte das Naturgeschöpf mehr Angst als ich.

Der trockene Staub, der allgegenwärtig war, wirbelte unter meinen schnellen Schritten beiseite. Es roch nach frischem Beton. Die Kräne warfen in den ersten Sonnenstrahlen des Tages lange Schatten auf den Boden. Sandhaufen und umzäunte Materiallager säumten den Bereich vor den fertig gestellten Gebäudeteilen.

Franke hatte behauptet, dass manche Bauleiter nach diesem Geruch und solchen Baustellenmotiven süchtig würden und nie etwas anders sein könnten als Bauleiter. Ich hoffte, dass ich meine Karriere in einem schönen Büro und schönen Besprechungsräumen fortführen und nicht von dieser Sucht erfasst würde.

Vor mir sah ich die frisch betonierten riesigen Einzelfundamente, die einmal die gewaltigen, über drei Geschosse hinausgehenden Fertigteilstützen aufnehmen sollten. Das Fundament in der Mitte, mit einer Kantenlänge von 5 x 5 Metern und einer Höhe von 2,50 Metern, war das größte seiner Art auf dieser Baustelle und stand genau in der Spiegelachse des Gebäudes. Später sollten die Besucherströme, die in die Mall fluten sollten, durch diese Stütze geteilt werden, um damit den linken und rechten Gebäudeteil gleichmäßig mit Besuchern zu füllen. Diese Logik hatte sich mir noch nicht erschlossen, aber ich war ja auch kein Architekt.

Die Fundamente sahen gut aus. Die Oberflächen war mit Wasser gefüllt und die Schalung war offensichtlich mit Wasser abgespritzt worden, um die Hydratationswärme zu reduzieren. Rund um die Fundamente war der Boden noch deutlich nass. Mein Blick fiel auf das große Fundament. Hier hatten die Betonbauer jedoch nicht sehr sorgfältig gearbeitet. Die Oberfläche war nicht bewässert worden und an einer Seite war Beton übergelaufen und die Arbeiter waren durch den frischen Beton gelaufen. Neben den Reifenspuren eines Baufahrzeugs zeigten andere Spuren das grobe Profil von Sicherheitsschuhen. Am Rand sah ich einen Schuhabdruck, der das Motiv einer Schlange oder etwas Ähnlichem zeigte. Hier war ganz schön gewütet worden. So eine Sauerei. Ich nahm mir eine in der Nähe liegende Schüppe und zog die Betonschlämme zum Rand der Schalung.

Nun waren alle Spuren beseitigt, es sah etwas ordentlicher aus. Die schlampige Arbeit ging jedoch weiter. Die Bewehrung der oberen Lage schaute etwas aus dem Beton heraus. Keine Betonüberdeckung, das würde Herrn Pfotenhauer, dem Prüfingenieur, aber nicht gefallen. Der war sehr streng, ich hatte ihn bereits in der letzten Woche kennengelernt.

Da lag auch noch ein Mopp oder so etwas auf dem Beton. Ich trat an die Schalung heran und wollte mich hochziehen, schreckte aber zurück. Die Schalung war sehr warm, fast schon heiß. Anscheinend hatte der Unternehmer einen Beton mit sehr schnell abhärtendem Zement genommen. Der entwickelte dann die Wärme. Aber so viel Wärme, dass der Beton dampfte und die Schalung spürbar warm wurde, das hätte ich nicht gedacht. Ich kletterte auf die Schalung und zog den Mopp mit der Schüppe zu mir. Das waren Haare! Wer schmiss denn seine Perücke in den Beton? Die Haarfarbe konnte ich nicht erkennen, da alles zementgrau gefärbt war. Ich schleuderte die Perücke mit der Schüppe ein paar Meter weiter weg. Nun musste nur noch der Betonstahl wieder in dem Beton versenkt werden. Ich nahm die Schüppe und ließ sie auf den Stahl niederkrachen. Nichts passierte. Ich versuchte mein Glück noch ein paar Mal, jedoch ohne Erfolg. Da musste der Unternehmer selbst nachbessern. Es war jedoch zu befürchten, dass der Beton am Montag, wenn er wieder auf der Baustelle war, keine Änderung der Bewehrung mehr zuließ.

Als ich von dem Fundamt herunterstieg, hatten sich die Sonnenstrahlen etwas höher zwischen den weiter entfernt stehenden Bäumen durchgeschlichen und fielen in die Baugrube. Konzentriert durch eine Lücke in einer Baumkrone traf ein Spotstrahl die graue Oberfläche des Betons. Mir stockte der Atem!

Da schaute eine Hand aus dem Beton heraus. So wie die schwarze Hand von Bödefeld, die aus dem Grab eines früh gestorbenen Kindes herausgewachsen sein sollte, das seine Mutter geschlagen hatte. Ich konnte deutlich einen Ring erkennen. Die Hand signalisierte: „Zieh mich hier heraus!" All mein Mut war erforderlich, um nicht augenblicklich diesen nun grausig gewordenen Ort fluchtartig zu verlassen. Ich kletterte hoch oben auf das frisch betonierte Fundament. Mit einem Fuß auf der Bewehrung, mit dem anderen breitbeinig auf der Schalung stehend griff ich nach der Hand. Ein Schauer durchfuhr mich. Ich fasse die Hand an, wie zur Begrüßung. Die war ganz warm. Lebte die noch? Meine Hand umschloss das Handgelenk hinter der hilfesuchenden Hand. Es fühlte sich an wie der untere Teil eines Hähnchenschenkels, der nicht kross gebraten war und labberig am Knochen hing. Mein Geist formulierte die Bitte: „Hoffentlich löst sich die Haut nicht!" Ich zog

17

und ein Arm, bekleidet von einem Oberhemd oder etwas Ähnlichem, kam zum Vorschein. Doch mehr ging nicht. Der Rest, der zu dem Arm gehörte, schien festzusitzen.

Das war nun jedoch nichts mehr für mich alleine. Ich sollte Franke anrufen oder vielleicht sogar die Polizei. Mich hilfesuchend umsehend, stieg ich mit weichen Knien von dem Fundament. Unten angekommen verkrampfte sich nun mein Magen und der Rest meines Abendessens wurde durch die Speiseröhre nach oben gedrückt. Ein sauer riechender Schwall einer grünbraunen Brühe ergoss sich in einen der Fußabdrücke, die ich nicht beseitigt hatte.

Ich nahm die Beine in die Hand und rannte die 200 Meter zu unserem Container. Die Treppe war schnell erklommen. Der Container war nicht abgeschlossen. Anscheinend hatte ich gestern Abend vergessen abzuschließen. Die Nummer von Franke, der am südlichen Rand Berlins wohnte, war im Telefon eingespeichert. Ich drückte den Knopf mit seiner Nummer.

Es tutete, einmal, zweimal, dreimal. Beim zehnten Mal nahm er den Hörer ab. „Was für ein Idiot ruft mich mitten in der Nacht an?", brüllte er in den Hörer.

Kleinlaut erwiderte ich: „Ich bin es, Beermann."

„Man, man, man Beermann, brennt es oder gibt es Tote? Warum rufen Sie mitten in der Nacht an?"

„Ich habe einen Arm gefunden."

„Schön für Sie, dann haben Sie jetzt drei. Dann wird das ja was mit den 150%."

„Hören Sie zu, Herr Franke, das ist nicht witzig, an dem Arm hängt noch etwas. Ich glaube, es ist ein Toter."

„Sie glauben? Rufen Sie mich an, wenn Sie sicher sind! Für Glauben stehe ich nicht auf." Ich musste den Hörer von meinem Ohr weghalten, so laut sprach er.

„Wissen Sie was, rufen sie bei der Polizei an, der Dorfsheriff ist immer froh, wenn er etwas zu tun hat." Er hatte aufgelegt.

Eine viertel Stunde später stand ein Streifenwagen mit drehendem Blaulicht vor den Containern. Der Schutzmann rief zu mir hoch, ich hatte den Container nicht mehr verlassen: „Haben Sie angerufen?" „Ja, da hinten ist der Tatort." „Na, von Tatort wollen wir ja noch nicht sprechen. Vielleicht ist es ja ein Unfall. Kommen Sie runter und zeigen Sie mir den Fund." „Sie müssen da hinten hin."

Ich zeigte mit dem Finger in Richtung der Einzelfundamente. Ich wollte da nicht mehr hin. Bestimmt hatte ich einen Schock und dann muss man sich hinlegen. Vielleicht würde ich fortan auch unter einer posttraumatischen Störung leiden und meine junge Karriere als Bauingenieur wäre nun schon kaum noch vorstellbar. Dabei hatte ich noch so viel vorgehabt.

„Sie müssen schon mitkommen und mir alles zeigen und beschreiben, was Sie vorgefunden haben. Haben Sie Ihren Ausweis dabei? Zuerst muss ich Ihre Personalien aufnehmen." Er zog ein mit Papier bestücktes Klemmbrett aus dem Auto und einen Stift und eine Brille aus der Brusttasche seines Diensthemds. „Kommen Sie zuerst einmal von dort oben runter!"

Mit zittrigen Beinen stand ich kurze Zeit später vor ihm. Der Schutzmann war klein und trug einen Spitzbart am Kinn. Sein Diensthemd spannte sich über einen Bauch, der nicht zu dem ansonsten dünnen Mann passte. Das Koppel seiner Dienstwaffe hing lose an der Seite. Über den Rand seiner Brille sah er mich, das Klemmbrett in der einen Hand und den Bleistift wie einen Taktstock in die Luft haltend, dienstlich an. Der Taktstock fuhr nieder und die Ouvertüre sollte beginnen. „Also ich höre!"

Ich berichtete ihm, dass ich im 3S wohnte und für die Wilaplago in Gronau arbeitete. Als ich erwähnte, dass Franke mein Chef war, beschrieben seine Mundwinkel und die ohnehin schon faltige Haut seiner Augenwinkel ein leichtes Lächeln.

Die Formalien waren viel zu schnell erledigt und wir fuhren mit dem Streifenwagen zur Fundstelle. „Da unten bei dem großen Fundament in der Mitte, da liegt der Arm drin." „Na, das sehe ich mir mal an. Sie bleiben hier, damit Sie mir keine Spuren zerstören."

Mich durchfuhr ein Schreck. Von den eben noch gut sichtbaren Spuren hatte ich nicht mehr viel übriggelassen. Ich dachte an den schönen Abdruck mit der Schlange. Es wäre besser gewesen, wenn ich mich nicht in die Arbeit des Bauunternehmers eingemischt hätte. Ich nahm mir vor, zukünftig nicht mehr für andere die Schüppe in die Hand zu nehmen. Jeder war für den Erfolg seines Werks allein verantwortlich, das musste ich mir besser merken.

Dem Schutzmann antworte ich lediglich: „Klar, kein Problem. Ich weiß ja, wie so etwas geht! Habe ich schon oft im Fernsehen gesehen."

Aus sicherer Entfernung konnte ich nun beobachten, wie der Beamte seinen Dienst verrichtete. Auch er erschreckte sich, als er auf das Fundament stieg und die Wärme spürte. Auch er zog an der Hand, stieg dann ohne weitere Prüfung der Sachlage von dem Fundament und kehrte zu mir zurück.

„Ja, der Arm steckt fest, das steht schon fest. Hat es hier in den letzten Tagen einen Unfall gegeben, bei dem einer seinen Arm verloren hat?"

„Sie meinen, dass der Arm dann hier beerdigt wurde? Das ist doch Blödsinn."

„Na, sagen Sie das nicht. Ich bin schon seit 30 Jahren Volks…, äh Polizist und habe schon vieles gesehen. Doch gebe ich zu, das hier ist ungewöhnlich. Wir müssen zuerst den Beton aus dem Fundament raus haben."

Franke würde explodieren und ich würde bestimmt entlassen, wenn ich das zulassen würde. „Nee, das geht nicht, auf keinen Fall. Das würde die Baustelle behindern. Wir sollten die Bewehrung, also den Stahl, der im Beton ist, anheben und dann die Leiche bergen."

„Ob das eine Leiche oder ein Teil von einer Leiche ist, wird sich zeigen. Rufen Sie die Baufirma an, die sollen das machen!" „Die bekomme ich jetzt nicht mehr ans Telefon. Die sind auf dem Weg nach Osteuropa oder Bottrop."

Was stellte sich dieser Mann vor? Einfach den Unternehmer anrufen, der würde dies doch als zusätzliche Leistung bezahlt haben wollen oder, noch besser, im Stundenlohn, so als Verweilgebühr auf der Baustelle.

„Kein Problem, in unserem örtlichen Hochbaukombinat sind immer einige Arbeiter, die helfen können." Er ging zu seinem Fahrzeug und sprach in das Funkgerät. „Erich, wir haben hier vielleicht einen Toten im Beton liegen. Schick mir mal den Josef mit seinem Trupp und der Karl soll den Kranwagen mitbringen. Vielleicht brauchen wir schweres Gerät."

Das war ja nicht schlecht, mitten in der Nacht, wobei diese nun doch schon vorbei war, eine fremde Firma zu organisieren, die das hier übernahm. Das würde teuer werden.

„Haben Sie hier noch so kurze Stücke von dem Betonstahl, die wir in den Boden stecken können? Ich muss den Fundort sichern."

Ich suchte einige kurze übrig gebliebene 12er und 8er Eisen zusammen und gab sie ihm. Er begann nun damit, das Gelände weiträumig mit rot-weißem Flatterband abzusperren. Mit einer Kleinbildkamera fing er an, Fotos zu machen.

„Wir haben hier ja einen Tatort, da ist es immer gut, die Beweise zu sichern. Sehen Sie mal hier, hier hat der Täter oder haben die Täter bereits Spuren verwischt. Man erkennt noch genau die Kratzspuren einer Schüppe. Wenn wir die Schüppe haben, dann haben wir bestimmt auch Fingerabdrücke."

Die Schüppe musste ich noch säubern, sonst würde ich vielleicht noch ein Problem bekommen. Ich hatte nun schon einige Spuren zerstört, da kam es auf ein paar verwischte Fingerabdrücke nicht mehr an.

21

„Hier liegen viele Schüppen rum, die von vielen Menschen in die Hand genommen werden. Ob das was bringt? Ich selber habe heute Morgen noch irgendwo eine liegen sehen und zur Seite geräumt."

Damit war ich runter von der Liste der potenziell Verdächtigen, die bestimmt noch aufgestellt werden würde.

Eine Stunde später hatte der Joseftrupp eine Hebekonstruktion aus Kanthölzern über dem Fundament gebaut, der Kranwagen war nicht fahrbereit gewesen. Nun hoben sie die Bewehrung über Umlenkrollen und mit Hilfe eines kleinen LKWs an. Nach 15 cm sahen wir einen Kopf. Nach weiteren 15 cm konnten wir erkennen, warum der Körper sich nicht bewegt hatte. Er war mit einem Seil an dem Baustahl festgebunden.

„Halt, das reicht. So bekommen wir ihn raus!" brüllte der Schutzmann, der es nicht für nötig befunden hatte, sich mir vorzustellen. Die ortsansässigen Bauarbeiter nannten ihn Egon. „Josef, ihr schneidet den Kerl ab und zieht ihn raus! Gut, dass ich den Bereich gesichert habe. Denn jetzt haben wir ganz klar einen Tatort und die Kripo mit der Spurensicherung wird sich das bestimmt ansehen wollen. Legt ihn vor das Fundament. Und holt einen Eimer Wasser, damit wir sein Gesicht erkennen können. Seid vorsichtig, da hat einer hingekotzt, das sind Spuren. Die müssen untersucht werden!"

Ich sagte nichts. Bauleiter kotzen offiziell nicht in die Baugrube. Die hatten einen Magen aus Bewehrungsstahl.

Zwei der Bauarbeiter nahmen den unglücklichen Toten nun an je einem Arm und Bein, ein dritter löste die Seile. Ich sah mir das grausige Schauspiel an und schauderte. So wollte ich nicht enden.

Ich dachte an das Betongrab, das auch schon mal für mich gegraben worden war.[2] Der Leichnam wurde mehr oder weniger vorsichtig von dem Fundament herabgelassen. Schutzmann Egon hatte vorsorglich eine Plane ausgelegt, auf die die Leiche gelegt wurde. Der Tote lag auf dem Rücken und das Hemd, das er trug, war über seinen Bauch hochgerutscht. Ich meinte, den fleischigen Bauch schon einmal gesehen zu haben. „Nun, Herr Beermann, wer isses denn?" Der Egon riss mich aus meinen Gedanken. „Weiß ich auch nicht! Woher soll ich das wissen? Ich bin erst seit einer Woche auf der Baustelle."

„Lassen Sie mich mal sehen!", rief dröhnend jemand von oben. Es war Franke, ich erkannte ihn direkt an seinem Organ. „Man Beermann, wenn ich Sie auch schon mal früh zur Arbeit schicke, dann kommt da direkt ein Toter bei heraus", er lachte schallend. „Sie sind ja ganz blass. Ist Ihnen etwas auf den Magen geschlagen? Bauleiter haben keinen Magen! Hier trinken Sie!" Er zog einen Flachmann aus einer Tasche seiner Jacke. „Aber wir haben auch Glück im Unglück, dass unser Egon hier immer alles fest im Griff hat. Egon, auch ein Schluck?"

„Gerne, Herr Franke, das war schon ein Stück Arbeit heute Morgen. Hier ist auch immer was los. Bei Ihnen wird es nicht langweilig." Ich gab dem Egon den Flachmann, der Hochprozentiges enthielt, und er nahm einen tiefen Schluck und wischte sich mit dem Handrücken den Mund ab.

„Wer ist es denn nun?", wollte Franke wissen. Wir standen noch etwas von dem Toten entfernt. „Hey du da, ja der mit dem Eimer Wasser, mach das Gesicht mal sauber." Franke rief dem Mann die Anweisung unnötigerweise zu, da dieser ohnehin diese Aufgabe hatte. Der Eimer Wasser wurde, so wie es die hygienische Totenversorgung bestimmt nicht vorsah, im Gesicht des Toten entleert.

---

[2] Ebda.

Das abfließende Wasser vermischte sich mit den von mir erbrochenen Essensresten. Ich sah mir das Gesicht nun genau an und wurde blass. „Das, das ist ja, oh nein, das ist …" „Man, Beermann, nicht so stottern. Das ist unser Bodengutachter Kaul. Der kommt aus Gronau. Wie kommt der denn da rein? Der hatte doch nichts mit dem Betonieren der Fundamente zu tun. So ein Rindvieh, stürzt in das Fundament und ertrinkt im Beton."

„Der arme Herr Kaul ist nicht da reingestürzt. Der ist da reingelegt worden, er war ja festgebunden."

„Nun sind Sie auch noch Kriminalist, Beermann. Sie sehen, so eine Baustelle ist richtig spannend. Aber die Schlussfolgerungen sollten Sie der Polizei überlassen. Und, Egon, übernehmen Sie nun die Ermittlungen?"

„Ne, Herr Franke, jetze muss ick in Berlin anrufen." Er grinste Franke an. „Kann Ihr Bauleiter noch die Baustelle bewachen? Ich muss ja nun telefonieren, die Kripo informieren und den Toten abholen lassen. Josef ist mit seinen Männern fertig und will abrücken."

„Kein Problem, Beermann hat das im Griff. Nicht wahr, Beermann, Sie sind doch bestimmt schon süchtig nach Baustelle. Lassen Sie die Jungs da die Bewehrung wieder möglichst tief versenken. Ist nicht so schlimm, wenn das nicht mehr richtig wird. Ich regele das mit dem Prüfingenieur." Er sah mich an und zwinkerte mir zu.

Ich musste mich hinlegen und ausruhen. Vor allem musste ich diesen grausigen Ort verlassen, ich konnte nicht alleine bei dem Toten sein. Ich brauchte ein Argument, um nicht hierbleiben zu müssen. „Wann kann ich denn endlich frühstücken? Ich habe einen Bärenhunger." Ich hatte nach dem frühmorgendlichen Baustellenbesuch eigentlich ausgiebig frühstücken wollen.

„Ich lasse Ihnen was bringen. Aber Sie müssen nun hierbleiben und auf den Toten aufpassen." Franke schlug mir, was wohl aufmunternd sein sollte, heftig auf die Schultern. „Danke Egon, dass ihr das so professionell gelöst habt! Der hier ist für die Traktoristen als Entschädigung, die Rechnung sollen sie mir die Tage in den Container bringen. Der ist für dich. Als kleines Dankeschön, dass du mein Fundamt hast stehen lassen. Wäre eine Katastrophe gewesen, wenn einer das Fundament auseinander gehauen hätte. Da haben Sie gut mitgemacht und wenn ich Ihnen mal etwas verraten darf: ich glaube, Ihre Kollegen im Westen hätten keine Rücksicht auf meine Baustelle genommen! Die haben keinen Respekt vor Werten."

„Das war doch selbstverständlich Herr Franke. Ich weiß doch, dass Sie es eilig haben und es immer vorangehen muss. Sie bauen doch den Osten auf! Da ist es doch selbstverständlich, dass die Polizei Ihnen hilft, wenn sie kann." Zwei 100-DM-Scheine hatten den Besitzer gewechselt.

Montag, 19.Juni

Ich hatte am Samstag noch lange warten müssen, bis der Leichenwagen aus Berlin gekommen war. Frühstück hatte ich keines mehr bekommen. Der Dorfsheriff hatte mir mitgeteilt, dass die Kriminalpolizei am Montag die Ermittlungen aufnehmen würde. „Schicken die denn keine Spurensicherung?", hatte ich gefragt. „Die habe ich ja schon gesichert", hatte der Schutzmann ernst erwidert.

Der Betrieb auf der Baustelle fing meist kurz nach Sonnenaufgang an. Es war ein Glück, dass Franke nicht darauf bestand, dass ich als Erster auf der Baustelle sein musste. Ausgeschlafen und erholt, ich hatte das restliche Wochenende im Wellnessbereich des Hotels verbracht, betrat ich um 8:00 h den Container.

„Kick mal an. Unser Kriminaler ist da. Man, man Adrian. Wat ist denn da passiert? Der arme Herr Kaul. Ick mochte ihn. Er hat mir immer Schokolade jegeben. Das war een sehr anständiger Zeitjenosse." Helga wischte sich eine Träne aus dem Augenwinkel. Es war wohl eine echte Anteilnahme, die unsere Baustellenfee hier an den Tag legte.

Ich hatte am Samstag in der Hotelbar eine kleine Trauerfeier für ihn zelebriert. „Woher weißt du das den schon?"

„Franke hat mir am Sonntag noch anjerufen."

„Nun was soll ich sagen, das ist natürlich sehr traurig. Ich habe ihn ja nur aus wenigen Besprechungen in Gronau gekannt. Na, und bei seinem Hobby konnte ich ihn hin und wieder sehen. Er war Laienschauspieler."

Die Tür flog auf. „Beermann, wann beginnt die Firma Echterstein mit der Vorbereitung des Planums? Die Sonne steht schon oben am Himmel und da tut sich nichts. Wir können nicht warten, bis die Fundamente ausgeschalt werden. Die müssen dazwischen arbeiten. Geh mal rüber zu denen und sprich mit dem Echterstein. Der soll einfach einmal alles kurz verdichten, das reicht. Wenn er Bedenken hat, sag ihm, dass ich die nicht habe. Und was ist mit Kaul? Lebt er wieder?"

Mir wurde die Bedeutung des Namens Gröbaz in diesem Augenblick vollends klar. Der Mann hatte nur seine Baustelle im Kopf.

„Der wurde von einem Leichenwagen abgeholt und liegt vermutlich in der Pathologie."

„Na dann werden wir ja noch was hören. Nimm die neuen Pläne mit. In den alten war die Tiefe des Aufzugsschachts nicht richtig angegeben. Da haben die Pappnasen in Gronau mal wieder gepennt!"

Wir hatten zwei Rohbaufirmen auf der Baustelle. Die Firma Echterstein hatte den Auftrag für die Mall. Ihre Container lagen, etwas ungünstig, in der Mitte des Baufeldes. Der Junior-Chef des Unternehmens war vermutlich schon im Container, darauf deutete der feuerrote 911er Porsche mit Bottroper Kennzeichen hin, den ich schon von Weitem, auf meinem Baustellenfahrrad sitzend, sehen konnte. Es war nicht anzunehmen, dass die Mitarbeiter dieses Unternehmens hier mit einem Porsche auftauchten.

Ich hatte bereits gelernt, mich nicht mit überflüssigen Höflichkeiten aufzuhalten. So verzichtete ich darauf, mein Eintreten in den Container durch Anklopfen oder etwas Ähnlichem zu signalisieren.

„Herr Echterstein, ich muss Sie sprechen! Wann fangen Sie mit dem Feinplanum für die Bodenplatte an?" Ein kahlköpfiger, jedoch deutlich junger Mann, der bereits selbst viel als Bauarbeiter gearbeitet haben musste oder ständiger Besucher von Fitnessstudios war, sah sich zu mir um. „Was bist du denn für einer? Ich fange an, wenn die Zeit reif ist. Außerdem sind meine Männer noch nicht da, die haben am Freitag bis spät in der Nacht betoniert. Und die Sauerei, die da jemand mit MEF1 gemacht hat, stammt nicht von mir."

„Ich bin der neue Bauleiter! Beermann, Adrian Beermann. Und was ist MEF1?"

„Wenn du das nicht weißt, dann bist du auch nicht der neue Bauleiter. M für Mall, E für Einzel, F für Fundament und 1 als laufende Nummer."

Das hätte ich wissen müssen, ich hatte ja schon an der Statik mitgearbeitet, wenn auch in anderen Bauteilen. Ich musste jetzt in die Offensive gehen, sonst nahm mir dieser Typ das Ruder aus der Hand und nichts war schlimmer für einen Bauleiter, als sich von seiner Firma sagen zu lassen, was zu tun ist.

„Die Zeit ist jetzt reif. Sie können nicht waren, bis die Fundamente ausgehärtet sind. Das dauert zulange. Sie müssen die Flächen dazwischen schon bearbeiten, verdichten und hinterher am

Rand der Fundamente einfach mit Beton auffüllen."

„Das funktioniert doch nicht. Dann haben wir hinterher die Probleme und es kostet mindestens mehr Beton und natürlich Stunden. Ich habe da meine Bedenken, ob das tatsächlich zum Erfolg der Arbeiten führt."

„Franke lässt Ihnen ausrichten, dass er Ihre Bedenken auf keinen Fall teilt. Ihm reicht es, wenn Sie einen wesentlichen Erfolg haben. Hauptsache, wir kommen weiter! Wie lange waren Ihre Leute am Freitag denn auf der Baustelle?"

„Na dann mache ich das so, mir soll es egal sein. Ich lasse mir solche Improvisationen bezahlen. Rüdiger, zeig mir mal die Stunden vom Freitag." Der angesprochene reichte ihm einen Block und Echterstein blätterte etwas. „Bis 23:30 Uhr waren die Kollegen hier. Wer hat denn da am MEF1 diese Sauerei gemacht?"

Das war ihm also auch schon aufgefallen und wenn er mich das fragte, dann war er vermutlich nicht dabei gewesen. Dann standen nun seine Leute im Focus des Verdachts.

„Ich habe da einen Toten im Fundament gefunden und beim Bergen wurde etwas unprofessionell vorgegangen."

„Was, ein Toter? Wer ist es denn?"

„Der Bodengutachter Kaul."

„Kaul! Der schnüffelte am Donnerstag doch noch hier rum. Wie kommt der denn ins Fundament? Das waren aber nicht meine Jungs."

Na, das gilt es zu klären, wobei das nicht meine Aufgabe war.

„Das habe ich auch nicht behauptet. Obwohl ich denke, dass die Polizei diese Frage auch stellen wird. Aber das können Sie ja mit denen klären. Also, wann fangen Sie an zu …" Ich beendete den Satz nicht mehr. Meine Aufmerksamkeit wurde durch ein herannahendes Martinshorn in Anspruch genommen. Ein schnell fahrender Wagen zog eine Staubwolke hinter sich her. Auf der Baustelle war nur Schrittgeschwindigkeit erlaubt. Der Wagen, offenbar auch die Quelle des Warnsignals, fuhr mindestens 70. Damit hatte er auch den Container schnell erreicht. Mit blockierenden Bremsen hielt der 3er BMW kurz vor dem Porsche.

Ein braun gebrannter Mann, mit seitlich kurz rasierten, oben etwas längeren Haaren und Seitenscheitel, entstieg dem Auto. Mit seinem braunen Polizeihemd, dessen Ärmel er hochgekrempelt hatte, sah er fast aus wie ein älteres Mitglied der HJ. Meine Vorsicht war geweckt. „Guten Morgen, die Herren!", rief er schneidig. „Eener von Ihnen der Bauleiter Beermann?"

„Wer will das wissen?", erwiderte ich, obwohl mir Martinshorn und Blaulicht diese Frage schon beantwortet hatten. Aber ich hatte schon genug Krimis gesehen, um zu wissen, wie ich mich verhalten musste. „Ick bin Kriminalkommissar Klaus Kummer, kurz 4K."; er grinste mich selbstgefällig an. Seine Hand ruhte dabei auf dem Koppel seiner Dienstwaffe.

Ein Scherzkeks! „Ok, Sie haben mich gefunden, 4K! Was kann ich für Sie tun?" Eine überflüssige Frage, doch wollte ich keine Fehler machen und vielleicht noch verdächtigt werden.

„Es geht, wie Sie sich denken können, um den Toten, den Sie in der Frühe des 17. Juni gefunden haben sollen. Sie haben den doch gefunden?"

„Korrekt, ich habe den gefunden, um 4:50 h." Ich wusste nicht genau, wie spät es genau gewesen war, aber ich wollte überzeugend sein.

Er sah in sein Notizbuch. „Das kann stimmen, Sie hatten ja etwas von Sonnenaufgang gegenüber den Kollegen gesagt. Ist Ihnen sonst noch etwas aufgefallen?"

Ich überlegte, was ich dem örtlichen Schutzmann nicht schon gesagt haben könnte. Mir fiel ein, dass sich Herr Echterstein über die Sauerei am Fundament aufgeregt hatte. Ich hatte nicht weiter nachgefragt, was er meinen könnte. Doch hatte die Bergung nicht viel Sauerei mit sich gebracht. „Etwas merkwürdig war, dass vor dem Fundament so viel Beton verschüttet worden war. Herr Echterstein hier beteuerte, dass seine Firma dafür nicht verantwortlich ist."

Ich sah den Genannten an. Der den Ball auch aufnahm. „Ja, meine Männer arbeiten sauber. Die hinterlassen nicht eine solche Sauerei."

„Waren Sie auch an der Arbeit beteiligt?"

„Nee, da war ich schon in Bottrop und habe fest im Arm meiner Angetrauten geschlummert. Ich bin nicht mehr fürs Betonieren zuständig. Dafür habe ich meine Männer!"

„Ich brauche dann noch die Namen von Ihren Mitarbeitern."

„Werde ich denn noch gebraucht, Herr Kummer?", wollte ich wissen. „Ne, ick brauche jetzt erst mal die Namen von den Arbeitern. Ick finde Sie schon."

„Eine Frage habe ich noch. Wurde Herr Kaul denn ermordet?"

„Kommen Sie mal mit!" Er legte die Hand an meinen Arm und zog mich ein Stück beiseite. Ganz leise und verschwörerisch raunte er: „Sie sind ja nicht verdächtig. Wer den Toten so zufällig findet, der war nicht der Mörder. Deshalb kann ick Ihnen die Auskunft jeben und das eindeutig bejahen. Er hat einen Messerstich im Rücken. Bitte behandeln Sie das vertraulich. Das sind noch ganz frühe Ermittlungsergebnisse."

Donnerstag, 22.Juni

Mein Bauleiterleben ging seinen mittlerweile gewohnten, ausgefüllten Gang. Der Tod des Bodengutachters war fast in Vergessenheit geraten. Der Baufortschritt war primär wichtig.

„Beermann, wir haben ein Problem! Der Echterstein hat mich angerufen. Er bekommt keinen Baustahl und den müsste er jetzt langsam haben, wenn wir nächsten Freitag die Bodenplatte gießen wollen."

„Warum bekommt er den denn nicht? Hat er kein Geld?"

„Man, das ist nicht witzig! Die Baustellen am Potsdamer Platz kaufen alles auf, was zu kriegen ist. Wir müssen uns nun weiter östlich orientieren. Ich habe dem Echterstein gesagt, dass du mit ihm nach Frankfurt fährst und dort etwas organisierst."

„Frankfurt! Das ist ja eine Weltreise, da sind wir ja zwei Tage unterwegs."

Meine Äußerung war jedoch nicht so ernst gemeint. Eine zweitägige Dienstreise wäre nicht schlecht. Auf dem Rückweg konnte ich dann nach Hause fahren.

„Frankfurt an der Oder meine ich natürlich, du Trottel. Liegt Frankfurt/Main im Osten? Man, Beermann, du musst noch viel lernen."

Beschämende Röte zog sich, zumindest unsichtbar, über mein Gesicht, als sich der Gröbaz mit der flachen Hand vor die Stirn schlug.

„Hier hast du etwas Bakschisch." Er gab mir ein zusammengerolltes Bündel Scheine.

„Wie viel ist das?" Das Bündel fühlte sich recht dick an. So viel Bargeld hatte ich seit meinem letzten Autokauf nicht mehr in der Hand gehabt.

„2.000 DM, die hat mir unser Bauherr gegeben."

Das war natürlich großzügig von Herrn Otto. Ich hätte nicht gedacht, dass er für so etwas Geld herausgibt. Deshalb wollte ich sicher sein, ob Franke tatsächlich Otto meinte. Vielleicht konnte ich später auch einmal von der Großzügigkeit unseres Bauherrn profitieren.

„Sie meinen Herrn Heinrich E. Otto. Was ich immer schon mal wissen wollte: wofür steht eigentlich das E?"

„Das E steht für Egoist." Er lachte schallend. Helga drehte sich tadelnd um. „Erzähl dem Jungen nicht so een Mist!"

„Was soll ich denn mit dem Geld machen? Rechnungen bezahlen soll ich damit ja bestimmt nicht!"

„Ganz genau. Rechnungen sind nebensächlich. Wobei die der Echterstein ohnehin zahlen muss. Du sollst damit Liefertermine verkürzen, Türen öffnen, LKWs bestellen. Mach alles, was notwendig ist, damit ich den Baustahl rechtzeitig hier habe. Der Echterstein fährt mit dir."

„Aber ich habe doch gar kein Auto."

„Aber der Echterstein, der hat eins. Der hat auch die Adresse."

Wir fuhren mit 180 Stundenkilometer Richtung Osten. Echterstein fuhr, als sei der Teufel hinter ihm her. Der Boxermotor des Autos gab alles. Da konnte mein alter Strich 8 nicht mithalten. Nachdem ich mich an den Fahrstil gewöhnt hatte und langsam Vertrauen dazu fand, konnte ich nun meine Neugier in dem Mordfall weiter stillen.

„Hat der Kummer schon Ihre Arbeiter befragt?" „Ja klar, der hat mich bestimmt schon 3 Stunden gekostet. Wer bezahlt mir die eigentlich? Hat bei allen zweimal gefragt, ob der Kollege auch wirklich den Kollegen gesehen hat. Aber dabei ist nichts herausgekommen. War auch klar. Ach, und der hat sogar meine Frau angerufen und gefragt, ob ich zu Hause war."

„Und waren Sie?" „Hey hör mal, klar war ich da. Wir sind erst seit 3 Monaten verheiratet. Da bin ich noch zu Hause." Er sah mich an und zog mit dem Zeigefinger leicht am Lid des rechten Auges.

„Mich würde mal interessieren, warum der Kaul getötet wurde. Können Sie sich das vorstellen?"

„Ein Eifersuchtsmord wird es nicht gewesen sein."

„Warum nicht? Eifersucht kommt in vielen Formen vor."

„Ja, aber der Kaul, der war doch bestimmt verheiratet, hatte Frau und Kinder und dass seine Frau ihn umbrachte? Ne, und dann in das Fundament rein. Nein, es war keine Eifersucht. Wie soll eine Frau den denn ins Fundament geschafft haben? Abgesehen von der Kraft, die notwendig ist, um den Kerl da hineinzubekommen, muss man auch noch wissen, wie das mit der Bewehrung geht. Insofern kann es keine Frau gewesen sein. Selbst die Ingeniösen bei mir im Semester wären dazu nicht in der Lage gewesen. Die konnten vielleicht 'ne Statik rechnen, aber einen Typen im Fundament versenken? Ne, das nicht!"

Ich sah ihn an. Er stierte auf das vor uns fahrende Nummernschild. Ich konnte die TÜV-Plakette gut erkennen. Der Wagen musste zum TÜV. Mit seiner These hatte er nicht ganz unrecht. Der Mörder war nicht der Gärtner, das musste einer aus der Baubranche gewesen sein.

„Jetzt kuck dir mal diesen Armleuchter von Benzfahrer an, schleicht da mit 160 über die linke Spur. Der merkt gar nicht, dass ich hinter ihm bin. Vielleicht war es Raubmord, das kann ich mir vorstellen. Ich habe mal gesehen, dass er ganz gut Geld im Portmonee hatte."

„Und wenn schon, wegen der paar Kröten? Da würde sich das bei mir mehr lohnen." Ich klopfte auf meine Hosentasche.

„Hier mal 100 Mark und da mal 50, da kommt ganz gut was zusammen." Echterstein lachte mich an. Der Typ schien recht lebensfroh zu sein.

Nach einer Stunde waren wir in einem baufälligen Gewerbegebiet oder wie so etwas in Frankfurt/Oder genannt wurde, angekommen. Neben einer offenen, von einer Backsteinmauer eingefassten Hofeinfahrt parkte Echterstein den Porsche. Der griff nochmals prüfend an den Griff der Tür, als er den Wagen abgeschlossen hatte, vermutlich um sicherzugehen, dass ihm der Wagen nicht abhandenkommt. Durch ein rostiges Tor, das Echterstein quietschend aufschob, führte uns ein ausgetretener Pfad durch sommerbraunes Gras zu einem Gebäude, bei dem die Fenster teilweise mit Brettern verschlagen worden waren. Quietschend öffnete sich eine alte Tür.

Das dunkle Kontor, in das wir eintraten, war mit einem bärtigen, insgesamt unsympathisch wirkenden Typen besetzt. „Was wollt ihr?"

Echterstein nahm die Gesprächsführung an sich und hielt sich dabei nicht mit Höflichkeiten auf. „Ich brauche mindestens 25 Tonnen Betonstahl, vorzugsweise Q-Matten."

„Habe ich nicht." Echterstein sah mich an und klopfte auf seine Hosentasche. Ich nahm das Bündel Geldscheine heraus und legte einen 100 DM Schein auf die Theke. Die Augen des Mannes leuchteten, als er den Schein nahm.

„Wollt ihr einen Kaffee?" So ging das hier mit der Gastfreundschaft in Frankfurt/Oder. „Ne, kein Kaffee. 25 Tonnen Stahl." „Das ist schwierig. Von Berlin aus wurde alles aufgekauft." „Wenn es einfach wäre, wären wir nicht hierhin gekommen." Ich legte noch einen Schein auf die Theke. „Ich frage mal den Chef." Er schlurfte zur hinteren Tür und rief in den dahinterliegenden Raum: „Sergej, da brauchen zwei Typen etwas Baustahl. Könnte sich lohnen!"

Wir warteten drei Minuten, dann erschien ein mit schwarzem Anzug und weißem Hemd gekleideter Mann. Sein gepflegter Dreitagebart unterstrich seine maskuline Figur. „Das wird nicht billig", wurden wir mit deutlichem russischen Akzent begrüßt. „Ich muss das Zeug von drüben holen. Ich bekomme 100 Mark Provision je Tonne im Voraus." Nun musste ich auch mal was sagen: „50 reicht auch!" Dies allein schon deshalb, da ich keine 2500 hatte. „75! Mein letztes Wort!" „Meins 1500 pauschal!" „OK." Das war ja leicht gewesen. „Braucht Ihr eine deutsche Zulassung?" „Ja klar!" Er sah Echterstein an und zeigte auf mich. „Ist das dein Buchhalter? Der nimmt es ja genau." Echterstein zuckte mit den Schultern. „In vier

Tagen wird geliefert, hier die Liste." Er sah sich die Liste an. „28er habe ich aber nicht." „Ist egal, nimm dann einfach 25er." „Habe ich auch nicht!" „Was hast du denn alles?" „Bis 22 mm und ähnliche Matten." „Sieh zu, dass wir das Zeugs zur Baustelle geliefert bekommen. Hier die Adresse." Die beiden gaben sich die Hand und ich blätterte 1500 Mark auf die Theke.

Auf der Baustelle berichtete ich Franke über den erfolgreichen Kauf. Franke knurrte mich an: „Hättest ja auch noch besser verhandeln können!" „Warum, ich bringe 300 Mark zurück. Das sind mehr als 10 %!" „Ja und? Ich brauche jetzt auch noch mindestens 200, um den Prüfingenieur bei Laune zu halten, wenn er bei der Abnahme der Bewehrung sieht, dass wir nicht das verlegt haben, was eigentlich in den Beton sollte!" „Wollen Sie den bestechen?" Ich konnte mir es nicht vorstellen. „Herr Pfotenhauer sieht so korrekt aus, der nimmt doch kein Geld." „Das stimmt. Aber der ist geil wie Nachbars Lumpi und ich gehe dann mit dem Knaben in den Puff. Da kann er knattern, bis er keine Lust mehr hat."

Ich war sprachlos. Dass ein ehrbarer Prüfingenieur so etwas machte! Mein Glauben an die deutsche Bauordnung bekam einen Riss.

Der Tag sollte so enden, wie viele Arbeitstage auf der Baustelle, nämlich mit der Einladung eines Unternehmers zum Abendessen im griechischen Restaurant des Ortes. Die Bedienung des Lokals, die nicht aus Griechenland stammte, sondern den Eindruck vermittelte, dass sie auf einem Motorrad den weiten Weg aus ihrer Heimat Wladiwostok durchgefahren war ohne einmal abgesessen zu haben, begrüßte uns: „Die Herren, alter Tisch?" Dieses Ritual spielte sich meist ab, wenn wir hierhin eingeladen wurden. Sie wies uns unseren Stammtisch zu. Doch hieran saß bereits der 4K.

„Hallo Herr Kummer, ich hoffe, Sie machen uns nicht selbigen!", begrüßte Franke den Hauptkommissar Klaus Kummer.

„Ick will Sie auch nicht lange aufhalten! Habe nur noch ein paar Fragen und Frau König sagte mir, dass Sie hierhin unterwegs wären."

„Na, dann setzen Sie sich doch zu uns. Herr Mönig hier hat uns zum Abendessen eingeladen. Da kommt es doch auf einen mehr oder weniger nicht an. Oder, Herr Mönig?" „Nu freilich, Herr Franke, Herr Kummer is nadierlich injeladen", erwiderte der Unternehmer pflichtbewusst.

„Nun, Herr Kummer, was zeigen Ihre Ermittlungen?", fragte Franke nach dem ersten Bier.

„Unsere Pathologie hat festgestellt, dass das Opfer ermordet wurde, ein Stich mit einer Klinge von hinten ins Herz. Der Mann war sofort tot. Doch haben wir den Tatort noch nicht ermitteln können. Denn wir glauben, er wurde woanders ermordet. Zumindest deuten postmortale Spuren darauf hin.

Von hinten ins Herz, das war schwierig, da musste Mann oder Frau genau treffen und zwischen den Rippenbögen durchkommen. Ich hätte von hinten unterhalb des Rippenbogens tief in die Nieren gestochen, das wirkte besser. Zumindest hatte ich das einmal in einer Jux-Vorlesung im Klinikum der Uni Münster von einem angehenden Pathologen gehört. Der Typ hieß Karl-Friedrich und hatte über die Möglichkeit doziert, wie ein Mensch umzubringen sei. Ein schräger Vogel.

„Was hat der Gute denn an dem Abend noch so gemacht? Haben sich meine Angaben bestätigt, dass er nach dem Termin in sein Hotel wollte?"

Nun musste ich doch einmal eine Zwischenfrage stellen. Ich sah Franke an. „Haben Sie Herrn Kaul an dem Tag noch gesehen?"

„Ja klar, der war noch bei mir und hatte noch was wegen des Bodengutachtens."

„Was ist denn mit dem Bodengutachten?"

Franke zögerte etwas, bis er antwortete: „Wir können bei dem zentralen Fluchttunnel auf Bodenverbesserungen verzichten und dadurch Zeit und Geld sparen. Ja, der Kaul, der war schon auf Zack. Nur dass er so zurückhaltend war, das passte nicht so. Der hat ja noch nicht mal ein Bier getrunken. So was ist schon merkwürdig. Und, Herr Kummer, war er noch im Hotel?"

Das dritte Bier stand vor uns und der zweite Ouzo. Die mongolische Bedienung brachte, mit dem Daumen über den Tellerrand hinausgehend die Teller festhaltend, das Bestellte. Alle schwiegen. Sie stellte die Teller ab und leckte die Finger sauber. Meine griechische Quarkspeise zeigte deutlich einen Abdruck ihres Daumens. Das war ein Fingerabdruck. Kummer sah der Bedienung aufmerksam hinterher.

„Das sind noch vertrauliche Ermittlungsergebnisse. Da darf ick noch nichts dazu sagen."

Das war die Todesursache bestimmt auch. Ich vermutete, dass sich der 4K hier verplappert hatte. Und Franke wollte es auch genauer wissen.

„Mann Kummer, dass wir es nicht waren, ist doch klar! Stellen Sie sich nicht so an! Prost!" Franke stieß mit seinem Ouzoglas an das von Kummer. Dieser nahm sein Glas und kippte es hastig herunter, wohl um seine Zunge zu lösen.

„Im Hotel war er noch. Er hat dann aber um 23:00 Uhr das Hotel noch mal verlassen. Der Portier konnte sich gut daran erinnern, dass er in Gummistiefeln rausging. Anscheinend hatte er noch was vor, aber wir wissen noch nicht was. Ich habe schon mit allen Arbeitern gesprochen, aber keiner hat etwas gesehen oder gehört. Zumindest sagen die das. Ich komme nicht wirklich weiter. Auch fehlt mir noch das Motiv. Der Tote lebte sehr unauffällig, war nicht verheiratet und wohnte noch bei seiner Mutter. Ein Bezug zum Heimatort kann ich mittlerweile mit hoher Sicherheit ausschließen." Er stützte das Kinn auf die Fäuste seiner auf der Tischplatte ruhenden Unterarme und sah mich kummervoll an.

„Mit wem ist er denn so zusammen gewesen hier auf der Baustelle?"

„Ja, ich bin ja noch nicht so lange hier. Aber einmal habe ich ihn mit unserem holländischen Architekten zusammen essen gesehen."

„Ach das ist ja interessant. Dem werd ick mal nachjehen."

Franke, der seine Gabel ohne Unterbrechung immer wieder in seinen Mund führte, so als wolle er noch ins Heu, und ungewöhnlich teilnahmslos zugehört hatte, verkündete: „Kaul und die alte Schwuchtel, zusammen essen, das wüsste ich aber! Natascha, noch ein Ouzo, aber flott."

Bislang war ich mir nicht sicher gewesen, was Franke mit seinen Anspielungen zu Herrn Meijer andeuten wolle. Nun war es klar.

„So, meine Herren, da der Tote ja auch nicht wieder lebendig wird, wenn wir jetzt weiter debattieren, fahre ich jetzt in meine Unterkunft. Mönig hat uns ja eingeladen. Gute Nacht. Warte, Tamara, ich trinke den Ouzo an der Theke." Franke wartete nicht auf den Gastgeber, er stand auf und eilte davon, so als ob er noch etwas Eiliges erledigen müsste.

„Wo will der denn hin?" Kummer sah mich an. Ich zuckte mit den Schultern. „Ist ja auch egal. Vielleicht können Sie mir noch ein paar Fragen beantworten."

„Muss das jetzt sein? Ich wollte eigentlich ins 3S." „Da kann ich Sie hinbringen! Wir können dann ja unterwegs reden."

Wir warteten noch auf den zahlenden sächsischen Unternehmer, dem ich erklärte, dass Franke noch dringend Rechnungen freigeben musste, da morgen der Bauherr kommen wollte. Der Sachse grinste und zahlte die Zeche.

Die kurze Autofahrt eignete sich nicht zur Konversation. Ich klammerte mich sorgenvoll überall dort fest, wo es möglich war. Der Kriminalist fuhr so, als müsse er den Täter verfolgen. Damit waren wir nach 5 Minuten am Hotel angekommen. Er parkte sein Dienstfahrzeug vor dem Hauptportal, das nicht zum Parken vorgesehen war. „Ich komme noch mit Ihnen, dann können wir an der Theke reden." Kummer stürmte in das Hotel, vorbei am Portier. Er hob seine Dienstmarke und rief: „Kriminalpolizei, der Wagen dort ist meiner! Wenn Sie mich suchen, ich bin an der Bar." Der Mann war im Dienst, ich stürmte hinter ihm her.

Die Hotelbar war spärlich besetzt. Einige Damen der Brandenburgischen Tupper-Ware-Foundation saßen in den, für die meisten dieser Damen, zu schmalen Barsesseln. Ich grüßte eine der Damen, eine vielleicht vierzigjährige braunhaarige ehemalige Hausfrau, die nun den Tupper-Ware-Karriereweg einschlagen wollte, da ihr Mann nach Australien ausgewandert war und ihre Kinder das Glück in Baden-Württemberg suchten. Sie hatte mir gestern Abend an der Bar ihre Lebensgeschichte erzählt und mich eingeladen. Ich hatte mich schon sehr dumm stellen müssen, um ihr Einladungsziel misszuverstehen. Es war mir auch sehr schwer gefallen und ich wäre fast weich geworden, hätte sie nicht so einen Mundgeruch gehabt. „Hallo Simone, trinken wir gleich noch einen? Heute lade ich dich ein", fragte ich sie somit auch nur aus Höflichkeit und hoffte, dass ich nicht wieder das Vergnügen haben würde. Sie zwinkerte mir zu.

„So, Herr Kummer, was möchten Sie trinken?" „Een Bier." „Helmut, mach uns mal zwei Pils und noch einen Sekt für die Dame dort drüben." „Die von gestern Abend, Herr Beermann?" Ich nickte. Er hatte mich am zweiten Abend in der Bar gebeten, ihn mit Helmut anzusprechen. Kummer und ich nahmen auf den mit Kunstleder bezogenen Barhockern Platz.

„Ich glaube, ich muss den Fall noch einmal ganz anders aufrollen, sonst komme ich nicht weiter." Er sah mich wieder mit dem Blick an, der in seiner Familie bestimmt üblich und namensgebend gewesen war. „Erzählen Sie mir doch einmal, was Sie hier bauen?"

„Wir bauen hier ein Einkaufszentrum." „Wer baut das?"

„Die Wilaplago plant, schreibt aus und hat die Projektsteuerung übernommen. Der holländische Architekt Meijer ist für das architektonische Gesamtkonzept verantwortlich. Dann sind da noch einige andere Fachplaner und der Gröbaz macht die Bauleitung." Ich grinste Kummer an. „Gröbaz steht für größter Bauleiter aller Zeiten und das ist Herr Franke."

„Ja, der Name passt. Aber wer bezahlt das Ganze?"

„Begonnen hat das die Heinrich Otto Gesellschaft aus Münster kurz HOG. Die besorgt auch die Mieter, hat jedoch alles an den geschlossenen Immobilienfonds ‚Zukunft Michendorf' verkauft. Trägt nun aber noch ein Garantieversprechen, dass das Center pünktlich und im Kostenrahmen eröffnet. Ich glaube, die müssen 10% vom Verkaufspreis zahlen, wenn nicht zu 01.12. eröffnet wird."

„Und wer steckt hinter ‚Zukunft Michendorf'?"

„Das ist eine Politikerin, Frau Heidemarie Wolski-Zeizig."

„Ach die rote Heidi, die kenne ick, habe sie mal kennen jelernt, auf einer Party. Aber da hieß sie nur Wolski."

„Die soll auch die weiteren Anteilseigner des Fonds gewonnen haben. Das sind angeblich fast alles Politiker aus Berlin. Aber das weiß ich nicht so genau. Zumindest ist durch den geschlossenen Fonds klar, dass nur ausgewählte Menschen in den Genuss von Anteilen kommen. Da ist nur großes Geld drin. Da brauchen Sie nicht mit 10.000 Mark kommen. Die sind für die Spesen. Mein Chef hat mir einmal erklärt, wie das funktioniert mit geschlossenen Fonds." Ich nahm ein Schluck Bier. „Wenn Sie möchten, erkläre ich es Ihnen?"

„Nach schieß los, dann müssen mir das nicht die Kollejen von der Wirtschaft erklären."

„Also wer in Deutschland ehrlich Steuern zahlen will, aber eben nicht so viele, der investiert in Geschlossene Immobilien Fonds. Damit sind Hunderttausende Deutsche in der Pflicht, Immobilien zu kaufen. Sie kaufen diese aber im Osten der Republik, denn dort gibt es die Sonderabschreibung Ost. Geschaffen wurde sie von unserer Regierung, um den Aufbau Ost voranzutreiben. Genutzt hat sie vor allem vermögenden Leuten aus dem Westen, die damit ihre Steuerlast reduzierten - sehr drastisch und ganz legal." Ich nahm ein Schluck Bier. Kummer sah mich interessiert an, offenbar wollte er mehr wissen.

„Alle, die im Osten investieren, durften von jeder angelegten Million gleich im ersten Jahr wieder bis zu 500.000 Mark abschreiben. Für Topverdiener heißt das: Der Staat zahlt ein Viertel quasi in cash dazu. Zahnärzte, Anwälte, leitende Angestellte, Manager und wie hier Politiker, sie alle nutzten und nutzen die historisch einmalige Chance zur legalen Steuerminimierung. So mancher, der öffentlich gern über das Hochsteuerland Deutschland klagt, hat in Wahrheit seine eigene Steuerschuld auf einen persönlichen Niedrigrekord gestutzt - zum Teil bis auf Null."

„Na, Steuern sparen würde ich ooch jerne!"

„Eben, das ist es ja, das Steuersparfieber erfasst auch normale Angestellte und kleine Handwerker. Sie werden überall aggressiv umworben. Selbst mir wurden bereits Immobilien im Osten angeboten. In Leipzig, ein Anteil an einem Wohn- und Geschäftshaus. Mein Chef erzählte mir, dass die Anleger auf alles scharf sind, was in den Hochglanzprospekten schick aussieht und was hohe Verlustzuweisungen verspricht - am besten über 100 Prozent, am besten noch in diesem Jahr; wenn es geht, bitte auch rückwirkend. ‚Bei manchen Leuten', sagt Lahmann, ‚ist der Steuerspartrieb stärker ausgeprägt als der Fortpflanzungstrieb.'"

„Der ist gut! Prost." Kummer hielt mir sein Glas unter die Nase.

„Viele Innenstädte sind nun schick saniert. Doch es entstanden auch unzählige Büropaläste und Wohnparks, die in dieser Fülle keiner braucht - und die nun als Potemkinsche Dörfer in der blühenden Landschaft stehen. Damit wird der Katzenjammer bei so manchem folgen. Dann merkten die Steuersparer, dass ihre "Sachwerte" bröckelnde Häuser waren, die mehr kosteten als sie beim Finanzamt brachten. Viele stehen dann vor dem Ruin. Sie haben in Schrottimmobilien investiert, die sie nie zuvor gesehen haben, oft in miserablen Lagen. Die versprochenen Renditen werden oftmals nicht erreicht. Und wenn hier das Center nicht eröffnet wird, dann werden die Renditen nicht nur nicht erreicht, dann ist das ein Totalausfall und das gesparte Geld ist futsch. Damit darf es keine Verzögerung geben."

„Man, man, man, wie soll ick denn da noch durchblicken? Helmut, mach mir noch een Bier und hier meinem Kollejen ooch!"

Kummer sah mich an und auf einmal zeigte sich ein Lächeln auf seinem Gesicht. „Haben Sie nicht schon mal in einem Ermittlungsfall zu tun gehabt? Da ging es doch um Bestechung oder etwas Ähnlichem! Ich habe das in Ihrer Akte gelesen."

„Ihr habt eine Akte von mir, in der Sie lesen können?" Damit hatte ich nicht gerechnet, dass ich aktenkundig war. „Aber ja, das habe ich schon mal. Vor ein paar Jahren. Da ging es um Manipulation bei der Auftragsvergabe in der Gemeinde Havixdorf."

„Da haben Sie ja Erfahrungen im Ermitteln!" „Na, da schmeicheln Sie mir aber." Ich verdrängte die damaligen Tatsachen und verstand seine Feststellung als Kompliment.

Kummer kam näher zu mir und flüsterte: „Dann können Sie doch für mich verdeckt ermitteln!"

„Was soll ich? Meine Kollegen bespitzeln? Ich bin doch nicht bei der ..." Den Rest des Satzes schluckte ich runter. Ich wollte Kummer nicht pikieren.

„Sie meinen Stasi. Ist ja richtig. Aber ich komme aus Westberlin und habe damit keen Problem. Sie sollen keine Berichte schreiben oder Kollegen belauschen. Sie sollen nur die Augen und Ohren offenhalten und mich informieren, wenn etwas ist."

„Na, ich weiß nicht. Wenn das rauskommt, kann ich meinen Job an den Nagel hängen!"

„Hören Sie mir mal zu, Herr Beermann. Das ist ja quasi auch Ihre staatsbürgerliche Pflicht, Ihren Beitrag zur Gerechtigkeit zu leisten."

„Na ok, aber das bleibt unter uns! Kein Wort zu niemandem!"

„Abjemacht, ick heiße Klaus". „Adrian." Unsere Gläser stießen aneinander.

„Nun muss ick aber fahren." „Du kannst doch nicht mehr fahren!" „Klar, ick fahre immer mit Blaulicht, wenn ick blau bin!" Er lachte mich wie ein kleines Kind an.

Verdeckter Ermittler

Montag, 26.Juni

Die Montage war für Überraschungen gut, ich konnte nie wissen, was Franke oder Lahmann am Wochenende eingefallen war. An diesem Montag war ich spät im Container, ich war in der Nacht noch mit einem Mietwagen aus dem Münsterland zum 3S gefahren. Damit war ich in der kurzen Zeit, die ich nun hier war, erstmals nach Franke auf der Baustelle.

„Man, Beermann, wo hast du gesteckt? Ich warte schon den ganzen Morgen!" „Es ist 9 Uhr, Herr Franke, der Morgen hat noch seine Zeit." „Na, werde nun nicht frech. Die Trockenbauer in Bauteil I sind heute Morgen nicht gekommen. Häng dich ans Telefon und besorge mir die Kerle! Egal wie! Es gibt hier keinen Stillstand, verstanden!"

Das war tatsächlich sehr problematisch. Dort, wo der Trockenbauer arbeitete, sollte in der nächsten Woche der Mieter, ein großes skandinavisches Textilunternehmen, mit seinen eigenen Arbeiten weitermachen. Ich hatte mit deren Bauleiter bereits ein paar Bier getrunken, der hatte mir gesteckt, dass der Immobilienfonds 1 Million DM Konventionalstrafe zahlen müsste, wenn deren Ausbau nicht pünktlich beginnen könnte.

Also hing ich mich ans Telefon. Die Firma Braun & Rechts OHG, die wir beauftragt hatten, hatte ihren Firmensitz in Nürnberg. Es stellte sich heraus, dass die polnischen Arbeitskräfte, die alle als Erntehelfer für die Spargelernte angemeldet waren, an der Grenze festgehalten wurden. Der zuständige Zollbeamte hatte offenbar Verdacht geschöpft, da die Spargelzeit seit letzter Woche vorbei war. Die Grenze war doch noch nicht so offen, dass immer alles gut ging. Ich berichtete Franke. Dessen Stirn verdunkelte sich.

„Was können wir denn nun machen?"

„Berti, hat die Wolski-Zeizig nicht en Fahrer, der aus Polen oder so kommt und der gute Kontakte hat?", unsere Baustellenfee Helga hatte sich eingemischt.

„Das ist eine gute Idee, Helga. Ruf ihn an." „Ne, muss das noch fertig machen. Otto kommt doch noch!"

„Nun Beermann, dann rufen Sie den Typen an. Helga hat die Nummer."

Ich tat wie geheißen und wählte eine Nummer. Es dauerte etwas, bis der Hörer auf der Gegenseite abgenommen wurde. „Wer ist da?" wurde ich angeblafft. „Hier Adrian Beermann, von der Baustelle des A11-Centers. Ich soll Sie anrufen wegen einiger Arbeiter, die an der Grenze feststecken!" „Das kostet aber! Wer steckt denn dort fest?" Ich erklärte es und wollte es dann genau wissen: „Sind Sie nicht der Mitarbeiter von Frau Wol..." Er ließ mich nicht ausreden und fiel mir ins Wort: „Na und, ich habe da auch nichts von. Das ist für die Grenze." Nach diesen paar Worten war mir so, als hätte ich den Typen schon mal gesprochen. Die Stimme kam mir so bekannt vor. „Geld dürfte keine Rolle spielen. Wenn Sie das nächste Mal wieder hier sind, wird Herr Franke das erledigen." „Dann bestell ihm einen schönen Gruß von Sergej und sag ihm, dass das erledigt wird." Jetzt hatte ich es; das war der Sergej, der uns den Stahl verkauft hatte. „Sagen Sie, verkaufen Sie auch Baustahl?" „Bei mir können Sie alles, was legal ist, kaufen!" Er lachte und legte auf.

Gegen Mittag, ich hatte grad kontrolliert, ob noch weitere Firmen nicht da waren, lief ich Franke in die Arme. „Mensch Beermann, was machst du so lange, läufst hier wie Falschgeld rum, ich warte! Komm mit zum Container."

„Was liegt an?" Es hatte keinen Sinn, auf solche Vorhaltungen einzugehen. Ein Gröbaz hört ohnehin nicht zu.

„Hier ist mein Autoschlüssel, du fährst jetzt vorsichtig zum

Flughafen und holst Lahmann und Otto ab. Die haben keinen Mietwagen gebucht. Beeil dich!"

„Geht klar." „Und Söhnchen! Fahr mir den Wagen nicht kaputt. Ich reiße dir den Kopf ab."

Mit Frankes 7er BMW, der, wie ich feststellen musste, gut motorisiert war, machte ich mich zügig auf den Weg. Ich erreichte nicht die Geschwindigkeit des Porsches. Wobei das an dem vorausfahrenden Mercedes lag, der im August zum TÜV musste.

In Berlin hatte sich das mit dem ‚zügig' dann bald gänzlich gegeben. Ich brauchte fast 2 Stunden. Die Herrschaften saßen im Café des Flughafens. Mein Chef sah mich grimmig an. „Man, Herr Beermann, das hat aber gedauert." Ich zuckte mit den Schultern. „Jetzt seien Sie nicht so streng mit Ihrem Mitarbeiter, der wird bestimmt nicht gebummelt haben!" Otto sprang mir unerwartet zur Seite, das war anscheinend ein ganz netter Kerl. „Wir fahren jetzt zuerst zu Weltback." „Wo liegt das denn? Ich kenne mich hier nicht gut aus." „Beermann, Sie fahren und ich navigiere", mischte sich mein Chef ein.

Es stellte sich heraus, dass in der Zentrale der Firma Weltback, die für sich in Anspruch nahm, der größte Filialnetz-Bäcker der Welt zu sein, kein Hefegebäck für Chauffeure gereicht wurde. Mir war dieser neue Titel an der Anmeldung zugesprochen worden. Mein Chef hatte zu der langhaarigen, blonden, engelsgesichtigen Empfangsdame, die Peter Paul Rubens bestimmt aufgefordert hätte, ihm Modell zu stehen, gesagt: „Unser Fahrer kann doch bestimmt hier warten." Die Dame flötete: „Ich werde mir um ihn kümmern!"

So saß ich in der Empfangshalle und fühlte mich wie ein Chauffeur. Die Empfangsdame, Katharina Rudolf stand auf ihrem Brustschild, hatte mir ein Wasser gebracht. Ihre blond gefärbten, duftenden Locken hatten mich umweht, als sie das Glas auf dem kleinen, zu dem Sofa passenden, gläsernen Beistelltisch stellte. Auf diesem fanden sich für mich und andere Wartende zig Ausgaben der ‚Bäckerblume'. Warten konnte ich gut. Ich überlegte, was ich Kummer berichten sollte, der würde sich bestimmt heute noch bei mir melden. Ich hatte nichts Neues erfahren. Wenn Katharina nicht mit einem Bäcker verheiratet war, da wäre das noch eine Frau für Kummer. Katharina Kummer, hörte sich nicht schlecht an.

Eine gute Stunde später erschienen meine Fahrgäste. Dank der Zeitschriften, die ich gelesen hatte, Katharina stand nicht zur Konversation zur Verfügung, sie hatte fast ununterbrochen telefoniert, wusste ich jetzt, wie ein Hefezopf mit einem gekochten Ei in der Mitte zubereitet wurde, und dass Weizenmehl, nach Ansicht des Bäckerweltverbandes, das ideale Mehl ist, um hochwertige Backwaren herzustellen. Otto sah sehr zufrieden aus und mein Chef lächelte, was ich nicht oft sah, zufrieden, als die beiden wieder erschienen. „So, Beermann, nun aber zum A11-Center."

Die Türen des BMW waren grad mit einem satten Klang ins Schloss gefallen, als Otto und Lahmann anfingen zu lachen.

„Ich hätte nie gedacht, dass der den Mietvertrag unterschreibt", raunte Lahmann und ergänzte: „Ihr Hinweis auf die vielen Menschen, die zukünftig nach der Liberalisierung der Ladenöffnungszeiten ins Center strömen, und dass Sie da verlässliche Informationen hätten, dass die kommen würden, hat ihn ganz heiß gemacht. Dass er dann den größten Backshop Europas führt, war die Entscheidung. Und das bei dem Kurs."

Die beiden hatten den armen Bäcker über den Tisch gezogen. Da kommen zwei Typen aus der Provinz und vermieten einem größenwahnsinnigen Bäcker aus der Weltstadt Berlin eine der letzten Ecken in einem Einkaufcenter. Ich beschloss, zukünftig meine Finger zu zählen, wenn ich Otto die Hand gab.

Otto seufzte hinten im Fond. „Jetzt müssen wir nur noch zwei Mieter finden, dann ist das Center vollständig. Was danach kommt, ist nicht mehr unser Problem. Der Weltbäcker wird sich nicht lange halten, aber das soll uns nicht stören."

Das hieß dann ja wohl, dass Otto nur noch die Mieter besorgen musste, und dann war er mit seinen Vertragspflichten fertig und der Fonds musste zahlen. Ich fuhr die gewiesene Strecke. Es wurde still im Auto. Die beiden tauschten hin und wieder Kenntnisse zu Immobilien aus, die unseren Weg kreuzten.

Otto richtete die Frage an mich: „Und Herr Beermann, was gibt es Neues auf der Baustelle, wurde der Täter schon gefasst?"

„Nein, ich glaube, der Kommissar Kummer tappt im Dunkeln."

„Es ist also noch kein Verdächtiger aufgetaucht?" „Ich habe nichts gehört. Ende der letzten Woche hat er mich nochmals befragt, aber ich weiß ja nun auch nicht viel."

„Na, dann dürfte dieses Unglück ja zu keinen weiteren Störungen führen."

„Herr Lahmann, wir schaffen das doch mit dem Eröffnungstermin? Der darf unter keinen Umständen gefährdet werden. Die rote Heidi zahlt sonst nicht und meine gesamte Finanzierung platzt. Wir haben die ja nur unter den größten Schwierigkeiten hinbekommen. Sie wissen, auch Sie bekommen ein Erfolgshonorar!"

Lahmann drehte sich zu Otto um, sein Blick streife meinen und er zwinkerte mir kurz zu. „Machen Sie sich keine Sorgen, ich habe meine besten Leute eingesetzt. Hier und in Gronau. Da geht nichts mehr schief! Habe ich recht, Herr Beermann?"

„Natürlich, wir kriegen das alles hin. So wie heute Morgen mit den Polen, die an der Grenze feststeckten. Gut, dass der Mitarbeiter von Frau Wolski-Zeizig sich so für uns einsetzen wollte."

„Was ist passiert?" Lahmann war sofort aufmerksam. Ich erklärte kurz.

„Was haben sie denn da für Firmen beauftragt, Herr Lahmann? Ich hoffe, dass die nicht auch noch schwarzarbeiten. Beim Spatenstich hatte ich versprochen, dass es bereits in der Bauphase viel

Arbeit für regionale Handwerker geben wird. Da ist eine Firma aus Nürnberg, die polnische Erntehelfer an unserer Baustelle einsetzt nicht das, was ich mir vorstelle!"

„Bei allem Respekt, Herr Otto, aber wie glauben Sie denn, realisieren wir die niedrigen Baupreise? Das geht nicht mit den örtlichen Handwerkern. Die haben schon gar nicht die Kapazitäten, die hier gebraucht werden. Und wegen der Erntehelfer brauchen Sie sich keine Sorgen zu machen. Das sind alles qualifizierte polnische Handwerker, die arbeiten 14 Stunden am Tag, das ist gar kein Problem. Also ist alles bestens. Nicht wahr, Herr Beermann?"

Ich nickte lediglich zu Bestätigung, da ein uns überholender Peterwagen mit eingeschaltetem Martinshorn ohnehin alle Geräusche übertönte. Was sich der Mann nur dachte; wir bauten hier ein Großprojekt und das zu einem unschlagbar günstigen Preis. Bislang hatten wir erst 1,5% an Kostensteigerung durch Nachträge. Wie sollten wir das nur mit deutschen Bauarbeitern hinbekommen? Die kamen um 9 und gingen um 15 Uhr, zwischendurch machten die noch eine ausgedehnte Mittagspause. Ein polnischer Handwerker arbeitete mindestens von 6 bis 6 und brauchte dabei keine nennenswerten Pausen. Gröbaz hatte mich in die Kunst des kostengünstigen Bauens in der letzten Woche eingeführt und mir seine Philosophie von motivierten Bauarbeitern erläutert. Ich war überrascht gewesen.

Otto beugte sich zu mir nach vorne. „Sie haben das auf jeden Fall gut gemacht, Herr Beermann. Manchmal muss man bei deutschen Behörden etwas nachhelfen. Ich habe da meine Erfahrungen. Hier ist noch etwas mehr Hilfe. Geben Sie das bitte Herrn Franke, wenn Sie ungestört sind. Muss ja keiner wissen, dass Sie einen Notfonds haben. Das erweckt nur Begehrlichkeiten." Wir standen vor einer Ampel und ich sah über die Schulter und Otto hatte eine Rolle Geldscheine in der Hand. „Wie viel ist das?" „Es reicht für den nächsten und übernächsten Notfall. Auch wenn ich hoffe, dass Sie das Geld nicht benötigen. Aber sicher ist sicher. Herr Franke wird es angemessen einsetzen. Da habe ich volles Vertrauen." Was Franke damit genau machte, wollte er bestimmt nicht wissen. Mit dem Prüfingenieur in den Puff gehen und sich dabei noch selber opfern, war bestimmt nicht in der Vorstellungskraft unseres Bauherrn.

Mittwoch, 28. Juni

Die fast schon vollständig, im Auftrag der Treuhand, von uns abgerissenen Gebäude der NVA boten nach der Aufgabe der Kaserne längere Zeit Obdachlosen einen Unterschlupf. Hierauf hatten diese bereits im letzten Winter verzichten müssen. Meine Vorgänger hatten immer wieder welche aus den ersten im Rohbau fertiggestellten Gebäudeteilen vertreiben müssen. Einzig der alte Munitionsbunker, der am Rand des Geländes gebaut worden war, musste noch abgerissen werden. Er stand der LKW-Anlieferung im Wege. Der Bunker war jedoch so massiv gebaut worden, dass ein Abbruch mit dem Bagger nicht möglich war. Eine Sprengung war notwendig.

An diesem Tag sollten die Bohrungen für die Sprengkörper angelegt werden. Gröbaz hatte mich in seiner selbstherrlichen Art damit beauftragt, die Abbruchfirma einzuweisen. „Sehen Sie zu, dass die das richtige Gebäude sprengen!", hatte er laut tönend hinter mir hergerufen. Also war ich hingeradelt. Es war mittlerweile ein langer Weg. Der Bunker lag auf der Rückseite des Centers. Hier war nicht viel los. Die fast fensterlose Fassade aus Fertigteilen war bereits so gut wie vollständig fertiggestellt. Lediglich dem mittleren, zentralen Bereich fehlte die Fassade noch. Hier waren wir immer noch mit der Bodenplatte beschäftigt, die grad betoniert wurde. Ich radelte also um das gesamte Gebäude herum. Der 7,5-Tonner des Abbruchunternehmers mit dem Namen „Kleinholz

GmbH" fuhr langsam hinter mir her.

Am Bunker angekommen lehnte ich an der nun nicht mehr lange existierenden 60 cm starken Stahlbetonwand mein Rad an. Der LKW schaltete seinen Motor ab. Die drei Männer, die in dem Fahrzeug gesessen hatten, stiegen aus. Die drei sahen so aus, als dass sie die Bohrgeräte auch ohne Pressluftunterstützung in die Wände hätten treiben können.

„So, meine Herren, das hier ist Ihre Wirkungsstätte!" „Watt, wir sollen dett doch nur abreißen oder?" Ich musste mich einfacher ausdrücken. „Ja klar, macht das Ding an die Erde!" „Keen Problem, wir gucken uns dett erst mal an."

Ich zog die schwere rostige Eisentür des Bunkers auf. Es war stockdunkel in dem Raum. Bisher war ich hier noch nie drin gewesen. „Haben Sie eine Taschenlampe?", rief ich meinem Gesprächspartner von vorhin zu. Er brachte mir eine. Solange das Ding noch stand, wollte ich noch einen Blick hineinwerfen.

Mit der Lampe konnte ich den ganzen Raum ausleuchten. Kalter Zigarettenrauch lag in der Luft. Ich leuchtete die Wände ab. Hinten war die Treppe in den Keller. Die Wände dort sollten stehen bleiben, wir wollten den hinterher mit dem Schutt des Abbruchs verfüllen. Dennoch wollte ich die Gelegenheit nutzen und den ganzen Bunker kurz besichtigen. Ich stieg also nach unten und hatte den Eindruck, dass der Ego-Shooter, denn ich noch bis vor Kurzem gespielt hatte, hier Realität werden könnte. Die Taschenlampe ruckte von links nach rechts und wieder zurück. Meine Fantasie zauberte ein Sturmgewehr unter die Lampe. Unten leuchtete ich wieder vor mir her; in der angespannten Erwartung, dass der Feind das Feuer eröffnet, hielt ich die Taschenlampe von mir gestreckt wie die virtuelle Waffe. Doch blieb es ruhig und nur die hier gelagerten Möbel wurden vor dem Lauf meiner Waffe sichtbar. Trotz der virtuellen Erfahrung war es in der Finsternis rechts und links des Lichtstrahls unheimlich. In einer Ecke lag eine Matratze mit einem Bündel Decken.

Ich erschrak, die Decken bewegten sich! Reflexartig drückte ich meine Waffe und schaltete jedoch die Lampe aus! Meine Sinne signalisierten Rückzug oder noch besser Flucht. Meine 180°-Wende wurde durch eine Stimme gestoppt.

„He du, was willste? Bei mir gibt es nichts zu holen!" Ich ließ mich auf die Knie fallen, um nicht in den direkten Feuerstoß des Angreifers zu geraten. Meine Schlagadern wurden durch wild gepumptes Blut stark beansprucht. Adrenalin wurde in großen Mengen ausgeschüttet. Doch kein Schuss fiel. Die virtuelle Welt wurde nicht real.

Aus der Richtung der Matratze wurde ein Feuerzeug gezündet, das in dieser unheimlichen Umgebung einen warmen flackernden Lichtschein warf. Er hielt das Feuerzeug hoch, so wie ich es bei einem Konzert von Sinead O'Connor und ihrem *Nothing Compares 2 U* auch machte. Es war nicht mehr dunkel. Mein Geist entwarnte leicht und die Synapsen meines Hirns gaben den unbewussten Befehl, das Licht meiner Taschenlampe wieder anzuschalten.

Der gebündelte Strahl meiner Lampe musste kurz zuckend suchen, um die Quelle der Stimme zu finden. Ich leuchtete in ein bärtiges Gesicht, das mit einer Hand die Augen beschattete. Mein gegenüber sah nicht angriffslustig aus. Der Typ war total verpennt. Mein Pulsschlag beruhigte sich.

„Mach das Licht aus oder leuchte mir nicht direkt in die Augen."

Meine Taschenlampe leuchtete den Raum neben der Schlafstätte aus. Leere Bier- und Weinflaschen standen der Größe nach sortiert an der Wand. Der Mann hatte Sinn für Ordnung. Hatte nicht bereits der Inder Krishnamurti gewusst, dass Schönheit dort ist, wo Ordnung ist? Doch konnte ich dieser Weisheit im Augenblick nichts und auch sonst wenig abgewinnen.

„Wer sind Sie?" „Ick wohne hier." „Sie müssen hier raus! Wir sprengen den Bunker!" „Wann? Jetzt?" „Ne, in ein paar Tagen. Wir fangen heute mit den Vorbereitungen an." „Dett ist mir ejal. Ick gehe hier nicht raus! Ick wohne hier."

Ich hatte keine Lust, mit dem Typen weiter zu diskutieren. Das war nicht mein Problem, sollten sich andere um diesen freiwilligen Graf von Monte Christo kümmern. Ich verließ das Verlies.

Oben angekommen, gab ich die Anweisung, mit den Arbeiten zu beginnen, warnte jedoch vorsorglich vor dem Mann aus der Tiefe. „Keene Sorje, mit dem kommen wir schon klar."

Mein Bericht an Franke war kurz. Er winkte nach der Hälfte ab, Details interessierten einen Gröbaz nicht wirklich. Er gab lediglich die richtigen Anweisungen und rief deshalb: „Helga, ruf die Polizei! Der Egon soll kommen! Aber pronto. Auf meiner Baustelle pennen keine Penner!"

30 Minuten später hörten wir das Martinshorn und Egon stand kurze Zeit später mit einem Kollegen in unserem Container. Ich brauchte von der Wache bis zur Baustelle, ich kam jeden Tag daran vorbei, 5 Minuten. Helga hatte offenbar die unnötige Dringlichkeit entschärft, was die Beamten jedoch nicht vom Einsatz ihres Martinshorns abgehalten hatte.

„Guten Morgen, Herr Franke, was kann ich für Sie tun?" Er stand vor Franke fast schon stramm; dass er salutierte, fehlte nur noch. Hier war die Hierarchie deutlich zu erkennen. So ein Gröbaz hatte seine Aura.

„Egon, unser Herr Beermann hat mal wieder was gefunden."

„Einen neuen Toten?" Er hechelte die Worte, fast so wie ein Hund freudig bellt, in der Erwartung, dass sein Herrchen einen Stock wirft.

„Ne, ganz so schlimm ist es nicht. Wir haben hinten im Mun-Bunker einen Untermieter und der will nicht gehen."

„Betrachten Sie das als erledigt!" Er griff pflichtbewusst zu seiner Dienstwaffe und öffnete den Druckknopf der Koppel.

Franke sah mich an. „Beermann, du gehst mit. Warst ja schon einmal Hilfssheriff."

Mit Blaulicht, über die holprige Baustraße, um das Center herum, waren wir schnell wieder am Bunker.

Die durch Wiedervereinigung zu bundesdeutschen diensteifrigen Beamten assimilierten VPO-Männer stürmten aus dem Auto und rissen ihre Dienstwaffen aus der Koppel. Egon rief mir noch zu: „Herr Beermann, Sie bleiben im Peterwagen!". „Hören Sie, da drin ...", ich konnte meinen Satz nicht beenden.

Doch sollten die Polizisten ihre eigenen Erfahrungen machen. Ich wollte ich mir das Schauspiel ländlicher Polizeiarbeit nicht entgehen lassen, so stieg ich, entgegen der polizeilichen Anweisung, aus und konnte die Beamten gerade noch sehen, wie sie, mit den einstudierten Bewegungsabläufen eines Sondereinsatzkommandos, in dem Bunker verschwanden.

30 Sekunden später stürmten sie wieder heraus, an mir vorbei zu ihrem Auto. Der zweite Beamte, er hatte sich mir nicht vorgestellt, riss den Kofferraum auf und hatte, als er wieder zum Vorschein kam, zwei Taschenlampen in der Hand.

„Gib her, Juri, jetzt schnappen wir uns den Kerl!" Egon, durch körpereigenes Adrenalin aufgeputscht, ich wusste, wie sich das anfühlte, sah wild entschlossen aus. In einer Hand hielt er nun eine große Taschenlampe und in der anderen seine Makarow PM, die alte bewährte Dienstwaffe der Volkspolizei. Juri sah ihn ruhig an, anscheinend wurde bei ihm nicht so viel Adrenalin ausgeschüttet, er hatte wohl die Gelassenheit seines großen Namensvetters, und zeigte auf die Waffe. „Brauchen wir die?" „Ja klar, ich will kein Risiko eingehen. Hier hat es vor kurzem einen Mord gegeben. Da müssen wir vorsichtig sein, nun komm!" In Egons Mundwinkel bildeten sich Speichelbläschen. Er war total aufgeregt. „Dann musst du aber deine Waffe entsichern!" Die beiden sahen sich an. Egon blieb kurz stumm und nickte nur, als er den Sicherungshebel der Pistole umlegte. Ich hoffte, er würde nicht noch mehr umlegen.

Die beiden stürmten in den Bunker. Ich ging bis zum Eingang hinterher. Es dauerte etwas und dann hörte ich einen Schuss. „Jetzt hat der Typ doch glatt geschossen", schoss es mir durch den Kopf. Aufgeregte Stimmen waren zu hören. Sehen konnte ich kaum etwas. Plötzlich sah ich einen Lichtstrahl aus dem Keller auftauchen. In meiner Konzentration darauf sah ich das Unglück nicht kommen.

Ein Mann stürmte aus dem Bunker, genau auf mich zu. Es war der Bewohner des Bunkers; in der einen Sekunde, die ich Zeit hatte, das zu registrieren, erkannte ich ihn an seinem Bart. Auch er hatte mich nicht wahrgenommen. Zumindest ließ die Wucht des Aufpralls, mit dem er mit mir zusammenstieß, dies vermuten. Ich ging zu Boden. Mir wurde schwarz vor Augen.

Als ich wieder zu mir kam, lag ich auf einer Bahre, in einem Rettungswagen. „Was ist passiert?" Ich sah einer weiß gekleideten Frau in die Augen. Die leuchtete mir in diesem Augenblick mit einer kleinen Taschenlampe in mein Auge. „Wie fühlen Sie sich?", sprach sie mich in perfektem Hanseatisch an. „Ich habe Kopfschmerzen! Sonst alles klar, glaube ich" und hob Arme und Beine zu Überprüfung. „Wir fahren Sie jetzt in das Krankenhaus, zur Beobachtung!" Ich sah sie verständnislos an. „Warum? Ist es etwas Ernsthaftes?" Ich sah wieder an mir herunter, keine Schläuche oder Ähnliches. So schlimm konnte es nicht sein. „Sie sind auf den Kopf gefallen, da könnten Sie eine Gehirnerschütterung haben!" Sie sah mich mütterlich freundlich an, ihre graubraunen Haare fielen ihr ins Gesicht und der Geruch von Desinfektionsmitteln stieg mir in die Nase. „Habe ich gekotzt?" „Nein, nicht, dass ich wüsste.

Es war nichts zu sehen." Mit ihrer kühlen Hand fasste sie mir auf die Stirn. „Na, dann habe ich auch keine Gehirnerschütterung. Herzlichen Dank für Ihre Hilfe." Ich öffnete die Gurte der Bahre und stieg herunter. „Das ist aber auf eigene Verantwortung!" „Natürlich, machen Sie sich keine Sorgen, ich bin Kummer gewohnt. Wo ist die Polizei?" „Die sind mit dem Verdächtigen abgefahren." „Verdächtigen?" „Ja, die sagten, jetzt haben wir den Fall gelöst." „Danke nochmals, können Sie mich bis zum Container mitnehmen?" „Steigen Sie ein! Ich bin alleine und habe vorne noch Platz. Hier nehmen Sie davon, das hilft gegen die Kopfschmerzen."

Am Container war keine Polizei zu sehen. Helga saß an ihrem Schreibtisch und tippe Diktate. Ich wusste ja, dass ich jetzt ruhig sein musste. So setzte ich mich, nahm mir einen Kaffee und schob zwei Stühle zusammen, so dass ich mit hochgelegten Beinen warten konnte. Mein Kopf schmerzte trotz der Tabletten. Ich lehnte ihn an die Wand.

„Hey, du Faulpelz, hoch mit dir, es gibt noch Arbeit!" Der Gröbaz war unbemerkt reingekommen und polterte in seiner totalitären Art. Ich sprang vom Stuhl hoch und nahm fast Haltung an. Er hatte mich überrascht, ich war wohl kurz eingenickt. Er war aber noch nicht fertig mit mir. „Das darf ja nicht wahr sein, da hat der Mann eine einfache Aufgabe und legt sich nach Erledigung erst mal nieder. Sag mal, du Schlafmütze, was meinst du wohl, wo du hier bist. Im Bus und kannst dir unbemerkt in der Nase bohren?" Ich wollte zur Verteidigung ansetzen, doch wies er mich durch herrschaftliche Geste zum Schweigen. „Du bewegst deinen unmotivierten Kadaver augenblicklich zum Echterstein, der betoniert und hat etwas gefaselt von ‚Hier riecht es komisch'. Lös das Problem!" Er trank aus einer Dose Kirschcola und schleuderte diese in den Papiermüllabfalleimer.

„Nun bin ich aber mal dran!" Ich nutzte die kurze Pause, um mit

meiner Verteidigung zu beginnen. „Ich bin eben aus dem Notarzt-
wagen gestiegen, nur damit ich hier weiterarbeiten kann. Da muss
ich doch doof sein, wenn ich mich nicht eine Woche krankschrei-
ben lasse! Die Ärztin wollte mich mitnehmen, ins Krankenhaus!"
Meine Stimme war nun deutlich zu vernehmen, fast so laut wie
der Gröbaz. Ich würde das mit dem lauten Sprechen noch lernen.

„Wo bisse ausjestiegen?" Helga mischte sich nun ein. Ich erzählte ihr kurz und sah Franke nicht an. Als ich endete, stand sie
vor mir und nahm mich in den Arm. Sie roch gut, nicht nach Des-
infektionsmittel. „Ach du Ärmster, jetzt jehst du ins Hotel und
ruhst dich den Rest des Tages aus. Und achte nicht auf den da!"
Ihr Kopf ruckte in Richtung Franke, der noch keinen Ton gesagt
hatte.

Seine Zustimmung drückte er aus durch: „Na los, sieh zu, dass
du Land gewinnst! Morgen früh sprichst du mit dem Echterstein!
Verstanden?" Ich gab keine Antwort und verschwand mit meinem
Baustellenfahrrad Richtung 3S und setzte mich an die Bar. Helmut
kümmerte sich nun um mich.

Donnerstag, 29.Juni

„Wir mussten hier noch etwas Boden aufnehmen; da sollte noch
ein Schacht hin, stand in dem letzten Plan. Und dann roch es so
komisch. Ich hatte das schon einmal in Bochum auf dem Opel-
Werksgelände." Echterstein stemmte die Hände in die Seite und
sah mich mit schräg gelegtem Kopf an.

Ich musste an die Worte des Ermordeten denken, der hatte auch
etwas von Gestank erzählt, das war ganz in der Nähe gewesen.
„Also ich rieche nichts!", gab ich von mir.

„Na klar, gestern Abend haben wir auch noch Beton in den
Schacht gegossen. Herr Franke hat das persönlich veranlasst! Der
Plan soll falsch gewesen sein."

„Was? Franke war auch schon hier?" „Na klar, gestern hatte ich ihm das bereits berichtet und er wollte Sie ja schicken, damit Sie sich darum kümmern." „Wann war er denn hier?" „Am späten Nachmittag."

„Also, dann ist für mich ja nichts mehr zu erledigen. Was für eine Ursache hatte das denn bei Opel, mit dem Geruch, meine ich?"

„Da hatte es irgendwann einen großen PAK-Schadensfall gegeben, man vermutete im II. Weltkrieg, der war nie beseitigt worden, und als ich dann mit unserem Löffelbagger einen Meter tief gegraben habe, stank es plötzlich. Die Beseitigung des Schadens hat ein Heidengeld gekostet und die Baustelle für ein halbes Jahr stillgelegt."

„Nun ja, hier stinkt nichts mehr, also können Sie weiterarbeiten! Sehen Sie zu, dass Sie hier fertig werden. Nächste Woche kommen die Fertigteile."

Am Container ankommend sah ich den Peterwagen der Polizei. Oben saßen Egon, der Dorfsheriff und Gröbaz zusammen. Gröbaz so früh auf der Baustelle, da musste etwas Wichtiges vorgefallen sein. Gröbaz sah mich hereinkommen. „Hallo Herr Beermann, der Fall ist gelöst. Es war der Penner, der Sie niedergemacht hat. Hatten ganz schön Glück, dass es nicht schlimmer gekommen ist. Sie hätten einen Schädelbruch erleiden können."

Was sollte denn jetzt diese Mitleidstour von Franke, sonst war er ja auch nicht zimperlich vor dem Polizisten gewesen, wenn er mit mir sprach. Hatte er vielleicht ein schlechtes Gewissen? Ich konnte mir nicht vorstellen, dass ein Gröbaz überhaupt ein Gewissen hatte.

„Ja, da muss ich Herrn Franke recht geben! Dass Ihnen nicht mehr passiert ist, Sie sind hingefallen wie eine deutsche Eiche.

Hatte einen ziemlichen Bums gegeben." Der Beamte sah mich mitfühlend an, so wollte ich es mir zumindest vorstellen.

„Na ja, Beermann wird wohl eher wie ein Weihnachtsbaum umgefallen sein." Na, da war er wieder, der Gröbaz! „Aber egal, der Herr Krenz ist extra gekommen, um uns die gute Nachricht zu übermitteln, dass der Mörder der Penner war!"

„Wie kommen Sie zu dem Schluss, Herr Krenz?" Ich wollte es nun doch genauer wissen. Schließlich hatte ich mich in Gefahr begeben.

„Nun, wir haben das Portmonee bei dem Täter gefunden und beim späteren Verhör gab er es auch zu." „Was gab er zu?"

„Dass er das Opfer umgebracht und in dem Fundament versenkt hat."

„Wie hat er den Herrn Kaul denn in das Fundament hineinbekommen?"

„Er ist gelernter Maurer, da kennt er sich aus, das haben wir ermittelt! Es gibt keine Zweifel. Wir haben ein 1a Geständnis."

„Nun Beermann, fragen Sie nicht so viel! Was hat das mit dem Echterstein ergeben?" Franke wollte das Thema abschließen, so erwiderte ich lediglich: „Das wissen Sie doch!"

„Eine Sache noch, Herr Franke." Der Polizist war noch nicht fertig. „Heute Nachmittag kommt der HK Kummer, der will noch Ihre Aussagen abschließen. Seien Sie beide bitte hier im Container!"

Krenz stand langsam auf und stand nun von Franke. Dieser richtete sich ebenfalls auf, so als wolle er die Hierarchie wieder herstellen, Franke war etwas größer als Krenz, und sah den Polizisten fragend an: „Ist noch was?" „Ne, aber kann ich sonst noch was für Sie tun?" Franke schlug sich mit der flachen Hand vor die Stirn. „Ach ja, fast hätte ich es vergessen! Ich wollte Sie noch bitten, ob Sie nachts nicht noch häufiger hier kontrollieren können." Er zog ein Bündel Geldscheine aus der Tasche und zog zwei Fünfziger heraus. „Hier, das ist ein kleiner Vorschuss für den Mehrauf-wand." Krenz sah sich um, nahm das Geld und steckte es in seine Hemdtasche. „Herzlichen Dank, Herr Franke, gehen Sie davon aus, dass wir die Baustelle, wie bislang, fest im Blick haben, und Ihnen zusammen noch einen schönen Tag."

Hatte er denn bereits früher den Auftrag gehabt, hier zu kontrol-lieren? Offensichtlich war er aber in der Nacht des Mordes nicht hier gewesen. Der Täter, wir kannten ihn ja nun, hatte bestimmt einige Zeit damit verbracht, den Toten in den Beton zu bekommen. Krenz und sein Peterwagen verschwanden mit eingeschalteten Martinshorn.

„So, Beermann, und nun zu Ihnen!" „Was ist mit mir?" Wir wa-ren alleine im Container. „Der Fall ist geschlossen und da können wir beruhigt weiterarbeiten. Was war nun mit dem Echterstein?"

„Das haben Sie doch schon geregelt! Da gibt es nichts mehr zu tun. Das einzige Komische ist, dass der Kaul auch von einem ko-mischen Geruch sprach. Ob es da Parallelen gibt?"

„Mach das Buch zu, Beermann. Der Echterstein arbeitet weiter und wird ab heute Nachtschichten einlegen. Das habe ich gestern mit ihm noch besprochen." Er rieb Daumen und Zeigefinger anei-nander. „Wir müssen fertig werden. Komme was wolle! Und nun an die Arbeit. Da sind noch Rechnungen, die sind zu prüfen!" Er wandte sich ab und ging auch hinaus. Ich war allein.

So ganz klar war mir das noch nicht. Wie hatte der Penner den Kaul in das Fundament bekommen? Da musste der den in den fri-schen Beton getaucht haben. Da war ja mehr Bewehrungsstahl als Beton drin. Den musste er auch noch rausgeholt haben. Etwas stimmte da noch nicht. Ich war gespannt, was Kummer erzählen würde.

Nicht nur Kummer kam, auch Frau Wolski-Zeizig. Sie wurde von ihrem, mir mittlerweile bekannten, Fahrer, kurz nachdem Kummer in den Container gestürmt war, gebracht. Sergej Molotow trug ihr die Aktentasche, rückte den Stuhl zurecht und war nur für sie da. Als sich die Dame setzte, legte er kurz seine Hand auf ihre Schulter, so als wolle er ihr sagen: „Keine Sorge, ich bin hinter dir." Und tatsächlich blieb er, mit leicht gespreizten Beinen und vor dem Schritt gefalteten Händen, hinter ihr stehen. Sein Blick war ausdruckslos.

Alle anderen Beteiligten setzten sich an den Tisch und rückten ihre Stühle quietschend über den billigen Bodenbelag alleine zurecht.

„Herzlichen Dank, dass Sie alle hierhergekommen sind!", begrüßte uns Hauptkommissar Klaus Kummer. „Insbesondere Sie, Frau Wolski-Zeizig, dass Sie hier sind, zeigt die Bedeutung dieses Falls."

Die Angesprochene winkte mit ihrer manikürten Hand die lobende Bemerkung beiseite. „Das ist doch die staatsbürgerliche Pflicht eines jeden! Ich helfe gerne, wenn ich kann! Doch was haben Sie für ein Ergebnis, Herr Oberkommissar?"

Oh, Kummer war befördert worden. Ich wollte ihm schon gratulieren, doch war ich nicht schnell genug.

„Hauptkommissar reicht, Frau Wolski-Zeizig, an dem Oberkommissar arbeite ich noch!" Er zwinkerte ihr zu. „Ich habe ein Geständnis! Der Obdachlose ist früher schon strafrechtlich aufgefallen und hat bereits öfter eingesessen. Er kommt aus Westdeutschland!"

Helga, unsere Baustellenfee, seufzte. Kummer sprach sie an: „Wollen Sie etwas sagen, Frau König?" „Watt, icke? Ne. Ick dachte nur, nicht nur Jutes kommt außem Westen."

Der Satz stand im Raum und blieb ohne Kommentar. Gröbaz hatte noch nichts geäußert. „Wie heißt der Penner? Vielleicht ist er uns sogar bekannt!", wollte er nun jedoch wissen. „Ich habe schon viele Leute kennengelernt, zumal da er Maurer ist, da könnte es sein ..." Er beendete den Satz nicht, was ich noch nie bei ihm erlebt hatte.

„Sein Name, das müssen Sie aber noch vertraulich behandeln, ist Karl-Heinz Schulte und er ist gelernter Maurer, also vom Fach. Das erklärt auch, dass er es geschafft hat, das Opfer in dem Fundament abzulegen."

Nun musste ich meine Zweifel loswerden. „Wie hat er das denn genau gemacht, den armen Herrn Kaul in das Fundament rein?"

Ich stellte mir den armen Obdachlosen vor, der den kleinen, aber bestimmt nicht leichten Kaul die deutlich über 2 Meter hohe Schalung hochwuchtete und in dem frischen, zähen Beton versenkte.

„Daran kann er sich nicht mehr erinnern. Er sagte aus, dass er sich nur noch an den Stich mit dem Messer erinnern konnte. Danach habe ihn ein schwarzes Loch umfangen. Eine völlige Erinnerungslücke. Unser Psychologe führt das unter anderem auf den regelmäßigen Alkohol-Konsum zurück. Der Fall ist abgeschlossen."

„Wo ist denn die Tatwaffe?", wollte ich noch wissen. Gröbaz schaltete sich ein: „Mensch Beermann, der Fall ist abgeschlossen, sei nicht so neugierig!"

„Ne, lassen Sie nur", mischte sich Kummer ein. „Eine berechtigte Frage. Die ich auch gestellt habe. Und der Täter gibt an, dass diese ins Fundamt gefallen ist."

Na, das würde ja einen Aufschrei geben, wenn wir die rausholen müssten. Gröbaz wurde etwas blass. Doch er kam nicht zu Worte.

„Und können wir nun noch etwas für Sie tun, Herr Hauptkommissar? Auch wenn der Vorfall traurig ist, so müssen wir hier schnellstens ungehindert weiterarbeiten. An diesem Projekt hängen hunderte von Arbeitsplätzen hier in der näheren Umgebung. Da darf man kein Risiko eingehen. Hier muss alles glatt laufen." Frau Wolski-Zeisig war aufgestanden, sie hatte es bestimmt eilig. Sie schaute Franke an. „Ich muss dann los. Informieren Sie mich,

Herr Franke, wenn ich Ihnen helfen kann. Sergej steht Ihnen immer gerne zur Verfügung."

Kummer wollte offensichtlich die rhetorische Frage beantworten. Er hatte bereits seinen Mund zum Reden geöffnet, kam aber bislang nicht dazwischen. „Ne, ich wollte Sie nur umfassend informieren."

„Das ist sehr freundlich von Ihnen. Ich habe da auch noch ein paar Beweismittel. Sergej, meine Tasche." Sie zog aus ihrer rudimentär mit Krokodilleder bezogenen Aktentasche einen braunen A5-Umschlag und reichte diesen Kummer.

„Was sind ...", ich sprach den Satz nicht zu Ende. Gröbaz trat mir vors Schienbein. Ich hielt meinen Mund und rieb mir das Bein. Mir fiel ein, was in braunen Umschlägen steckte, die plötzlich ohne große Worte auftauchten. Kummer würde nun bestimmt nicht mehr fragen wollen.

Aber ich wollte fragen. Ich hatte ja keinen braunen Umschlag bekommen. Mir hatte man einen Tritt vors Schienbein gegeben. Ich war umgerannt worden, den Toten hatte ich gefunden und auch sonst wurde ich nicht sonderlich freundlich behandelt. Ich wollte nun mehr wissen.

„Müssen Sie die Tatwaffe nicht zur eindeutigen Fallklärung haben?"

Kummer sah mich an und begann zu stottern: „Äh, na, ich weiß, äh, das kommt immer auf den Richter an. Ich glaube aber nicht. Der Aufwand, die dort herauszuholen, wäre zu hoch. Wir haben ja das Geständnis!"

Verdachtsmomente

Sonntag, 02. Juli

Susanne und ich freuten uns auf ein langes Wochenende. Ich war von meiner Bauleiterpflicht von Samstag bis einschließlich Montag beurlaubt. Gröbaz hatte am Freitag, als ich auf dem Weg ins Wochenende war, gemeint: „Da Sie den Täter ja gefunden haben, sollen Sie auch eine Belohnung erhalten. Baustellenurlaub bis Dienstagmorgen um 8 Uhr, dann können Sie sich am Montag im Büro in Gronau noch etwas ausruhen."

Ich hatte mich nicht bedankt.

Susanne hatte gemeint, dass ich nach dem rohen Baustellenleben und dem schrecklichen Unglück etwas Kultur nötig hätte. In Münster gab es im Landesmuseum für Kunst und Kultur eine neue Ausstellung mit dem Titel ‚Unterwäsche im Wandel der Jahrhunderte'.

Wir gingen mit Freunden frühstücken und reihten uns anschließend in die kleine Schlange von intellektuell schwarz gekleideten Geisteswissenschaftsstudenten und -studentinnen mitsamt ihrer im Studium bereits früh gezeugten Kinderschar ein. Was die Kinder hier wollten, ging mir nun gar nicht in den Sinn.

Ich nahm Susanne in den Arm und vergrub mein Gesicht an ihrem Hals und inhalierte den Duft meiner Frau. Mein linkes Auge lugte an ihrer Halsschlagader vorbei. Ich sah, wie vier Personen zum Nebeneingang des Museums strebten und dort klopften. Es waren Otto und mein Chef mit ihren Frauen.

„Was wollen die den hier?", ging es mir durch meinen mittlerweile wieder erhobenen Kopf. Ich überlegte, ob wir den kulturellen Teil des Sonntags nicht besser überspringen sollten. Ich hatte keine Lust, den Herrschaften hier über ihr Lebenswerk Auskunft zu geben.

„Da drüben sind mein Chef und Otto reingegangen. Ich habe keine Lust, dass die mir jetzt über den Weg laufen!"

„Ist doch nicht schlimm Schatz, die wollen heute bestimmt auch nur ihre Ruhe haben und wenn sie dich doch ansprechen, so kannst du mir euren Bauherrn ja mal vorstellen."

Mein negativer weiterer Gedankengang wurde im Keim erstickt, als ein kleines Kind mit Wucht gegen meinen Oberschenkel stieß. Der Abdruck des Eis, das es in der Hand hielt, hatte einen weißen Fleck auf meiner Hose hinterlassen. Eine der potenziellen Geisteswissenschaftlerinnen, vielleicht ihre Mutter, sah an mir runter.

„Entschuldigung, aber die Kleine muss sich vor der Ausstellung noch etwas bewegen, damit sie im Museum die nötige Ruhe finden kann. Ich glaube nicht, dass das Eis einen Fleck hinterlässt. Außerdem ist Ihre Hose ohnehin nicht mehr ganz sauber."

Ich erwiderte nichts. Alles, was ich nun hätte sagen können, hätte zu einer ausufernden Diskussion geführt. Darauf hatte ich nun überhaupt keine Lust. Ich nahm Susanne wieder in den Arm und atmete den geliebten Duft ein. Ich nahm mir vor, dass ich, wenn ich vielleicht einmal Kinder haben sollte, mit denen ins Naturkundemuseum gehen würde, das war für Kinder bestimmt besser geeignet. Meinen Chef hatte ich nun vergessen.

Im Museum angekommen, gab uns der Flyer, den wir vom Kassierer zusammen mit den Karten bekommen hatten, einen ersten Überblick über besonders sehenswerte Exponate. Neben einem Unterhemd von Kaiser Wilhelm sollte es auch Unterhosen von Bertolt Brecht und Rudi Dutschke geben. Ich war froh, dass ich nur eine Rudi-Dutschke-Gedächtnis-Lederjacke hatte, die jedoch schon seit geraumer Zeit unbenutzt im Schrank hing.

„Schau mal Schatz, lass uns dort beginnen!" Susanne zeigte auf die Sammlung klassischer BHs. Das sollte mir recht sein, so dass wir loszogen.

So interessant waren die BHs nun doch nicht, die wurden alle an

Fäden aufgehängt in Vitrinen präsentiert. So konnte sich der Reiz, der üblicherweise von dieser Wäsche ausging, zumindest nicht für mich entfalten.

„Lass uns ins Café gehen. Dort gibt es bestimmt Kaffee!" „Ne, ich will noch keinen Kaffee, dann bekomme ich Magenschmerzen. Wir gehen jetzt zu den Exponaten berühmter Persönlichkeiten."

Ich war gespannt, was mich dort erwarteten würde. Um eine Ecke biegend, sah ich Otto und meinen Chef mit Damen. Das Quartett stand mitten im Raum und unterhielt sich auf westfälische Weise: die Herren und Damen redeten getrennt, wobei die Damen offensichtlich die Ausstellung im Sinn hatten, die Herren jedoch größeres. Otto schrieb mit seinen Armen ein großes „O" in die Luft.

Unser Weg führte in die Richtung des Quartetts. Jedoch wurden wir durch Vitrinen verdeckt, so dass ich mich näher anschleichen konnte. „Ich schaue mal da hinten rein." Ich deutete mit dem Daumen über die Schulter zeigend in die gewünschte Richtung. Susanne war mit dem Studium halterloser Strümpfe vertieft und nickte zur Bestätigung.

Ich schlich mich also näher an die Vier ran. Bei denen entfernten sich nun auch die Damen von den Herren. Ich stand auf der anderen Seite einer Vitrine, die einen großen Schlafanzug von Winston Churchill enthielt. Dahinter sahen mich die zwei Männer nicht. Ich drehte dem Schlafanzug den Rücken zu und sah damit genau auf die Unterhose von Bertolt Brecht. Ob die gewaschen worden war, musste bezweifelt werden. Meine Konzentration galt nun jedoch den Stimmen hinter mir.

„... das ist nicht das letzte Center, das wir bauen. In Berlin zeigen die politischen Gegner von der Wolski-Zeizig bereits Interesse an einer Idee, die ich für den alten Flughafen in Schönefeld habe. Den kann man als Flughafen nicht ausbauen. Das kann der Aufbau Ost nicht finanzieren. Den reißen wir ab und bauen dann Handel und

Industrie. Ich habe schon in Wolfsburg vorgesprochen. Dort hat man Interesse an einer größeren Nähe zu Polen und fände einen Industriepark zusammen mit einem großen Center für die Auslieferung von Autos angebracht."

„Sie deuteten bereits neulich den Kontakt zu VW an. Doch sollten wir jetzt all unsere Kraft auf das A11 setzen. Ich kann erst wieder ruhig schlafen, wenn die Wolski gezahlt hat."

„Haben wir ein Problem, Lahmann? Bitte keine Einzelheiten, aber wir können uns keine Störungen leisten, das A11 muss pünktlich ans Netz gehen. Allein das ganze Bakschisch hat mich ein privates Vermögen gekostete. Davon können sich andere ein schönes Leben machen. Wenn es was gibt, was stören könnte, dann müssen wir wieder zu drastischen Maßnahmen greifen. Das A11 muss pünktlich eröffnet werden. Komme, was wolle. Machen Sie mir keinen Kummer. Stichwort Kummer, da hat sich ja gezeigt, dass die Wolski auf unserer Seite steht. Die ist auch erledigt, wenn das schiefgeht. Deshalb hat sie den Kommissar auch großzügig gnädig gestimmt. Der Kerl soll nun noch befördert werden. Der Innensenator erwähnte seinen Namen jetzt auf dem Empfang im Innenministerium. Die Wolski hilft uns, wo sie kann. Doch muss sie nicht alles wissen. Also Lahmann, wenn Sie Probleme haben, dann sagen Sie es der Wolski. Die schickt zur Not einen Russen. Da fällt nie etwas auf Sie zurück."

„Nein. Wir haben keine Probleme. Ich habe alles im Griff. Meine Männer schaffen ..."

Ich schrak zusammen. „Da bist du. Ich habe dich schon gesucht. Was ist so faszinierend an der Unterhose von Bertolt Brecht, dass du die so versunken ansiehst." Susanne hatte mir einen Kuss auf die Wange gehaucht. Ich nahm sie in den Arm und flüsterte in ihr Ohr: „Sei leise, ich belausche grad meinen Chef, der steht hinter mir." „Wo?" „Ja, da hinter der Vitrine, du musst zwischen der Hose und dem Hemd von Winston Churchill hindurchsehen."

„Dann muss ich mich vor dir hinknien. Wenn das jemand sieht." Sie biss mir in den Hals und wollte sich grad an mir runterschlängeln. „Ach Herr Beermann, Sie auch hier." Frau Lahmann sprach mich an. „Hallo Frau Lahmann, ja es gibt ja auch noch was Anderes als Baustellen."

Dass Unterhosen nicht zwingend dazu geeignet waren, Baustellen zu vergessen, insbesondere, wenn ihr Mann solch interessante Gespräche führte, behielt ich für mich.

„Darf ich Ihnen meine Verlobte vorstellen, Frau Heu."

Die Damen schüttelten sich die Hände und betrieben Konversation. Von Lahmann und Otto war nichts mehr zu sehen. Doch wollte ich denen nicht unbedingt über den Weg laufen.

„Ich wünsche Ihnen noch einen schönen Tag, Frau Lahmann, aber wir müssen nun gehen. Meine Schwiegereltern in spe haben uns zum Mittagessen eingeladen."

„Davon wusste ich ja gar nichts!" Susanne sah mich konsterniert an. „Sollte eine Überraschung sein!"

10 Minuten später waren wir aus dem Museum raus. „Ich wollte nur nicht, dass mir Lahmann über den Weg läuft. Auf den hatte ich keine Lust. Deshalb die Ausrede mit deinen Eltern."

„Ist schon ok. So doll war die Ausstellung auch nicht. Oder?"

Montag, 03.Juli

Einen richtig schönen Tag im Büro wollte ich mir machen. Viel Kaffee trinken, ständig etwas essen können und sich die Neuigkeiten vom Wochenende erzählen. Nicht, dass mich das groß interessiert haben könnte, wenn die Kollegen über das letzte Schützenfest philosophierten und rekapitulierten, welche angebliche Jungfrau nun als erste ihre bestimmt nicht unbefleckte Empfängnis preisgeben würde. Aber es war schön, inmitten dieser Mannschaft zu sitzen.

Nach den ersten zwei Tassen Kaffee, brachte mir Anneliese, unsere Bürofee, die Post. „Ich habe dir mal alles, was für das A11 wichtig sein könnte, zusammengelegt." Die Umschläge waren noch nicht offen, damit war klar das Lahmann nicht im Büro sein würde. Ich machte mich an die Arbeit und hoffte, dass nichts dabei sein würde, was mir noch unnötige Arbeit aufhalsen könnte. Es war immer ein Risiko, die Post zu öffnen, unerwartet hatte man die Verantwortung für eine neue Aufgabe.

Die ersten beiden Umschläge enthielten Bewerbungsschreiben von Unternehmen, die auch mal mit uns zusammenarbeiten wollten. Diese warf ich direkt in die Rundablage unter meinem Schreibtisch. Wir arbeiteten nur sehr selten mit neuen Unternehmen zusammen. Die Leistungen, die wir ausschrieben, wurden nach langwierigen Preisverhandlungen an den Unternehmer vergeben, der so aussah, dass er sich nicht großartig gegen Mehrleistungen, die er dann unentgeltlich ausführen sollte, wehren würde. Da wären unbekannte Firmen ein Risiko gewesen. Und auf eine inhaltliche Diskussion über Nachträge hatte Lahmann keine Lust.

Sein Leitspruch zu Nachträgen war nicht „Guter Preis bleibt guter Preis und schlechter Preis bleibt schlechter Preis", sondern „Die Rendite einer Immobilie wird durch intensive Mängelminderung besser."

Der nächste Umschlag enthielt die Rechnung eines Unternehmers, der im A11 tätig war. Zu meiner Freude war diese Rechnung jedoch für ein anderes Bauvorhaben. Ich konnte diese Post also weitergeben.

Drei weitere Umschläge waren auch uninteressant, da ging es um Baubehinderung, eine Bedenkenanmeldung und einen Nachtrag, all das A11 betreffend. Das würde ich nach Berlin faxen lassen. Somit konnte ich mich morgen damit beschäftigen. Die Chance auf einen Feierabend am Vormittag wurde größer. Noch ein oder zwei unbedeutende Gespräche mit den Kollegen und zwei weitere Kaffee und ich würde gehen können.

Ich stockte. Der letzte Umschlag war von Kaul, dem ermordeten Bodengutachter, ich sah mir den Poststempel an. Der Brief war am 14. Juni in Berlin versandt worden. Der hatte lange gebraucht um nach Gronau zu kommen. Dies konnte nur an der Umstellung der DDR-Post auf die BRD-Post liegen. Die Deutsche Post war doch ansonsten wesentlich schneller. Auch dort würde die Wiederver- einigung Reibungsverluste mit sich gebracht haben. Der Umschlag enthielt eine Rechnung. Auf der letzten Seite war eine handschrift- liche Notiz verfasst. „Bitte lassen Sie mir unbedingt eine Kopie meines letzten Gutachtens zukommen. Mein Original ist mir ab- handengekommen. Rufen Sie, Herr Lahmann, mich bitte an, wir haben da ein Problem!" Warum hatte Kaul denn nicht meinen Chef angerufen? Vermutlich hatte dieser sich wiederholt verleug- nen lassen, um unbequeme Anrufer abzuwimmeln. Anneliese hatte da einiges an Erfahrungen. Sie berichtete öfter über die Ag- gression der Anrufer, wenn diese zum wiederholten Male nicht zu Lahmann durchdringen konnten.

Was sollten wir für ein Problem haben? Welches Gutachten war das letzte? Ich beschloss, die Akten hier im Büro zu suchen. Ver- mutlich würde ich in meiner ehemaligen Abteilung, bei den Stati- kern, fündig.

„Morgen Matthias, ich brauche mal die Bodengutachten vom A11." „Weiß nicht, wo die sind! Frag mal den Rainer, den küsst sonst keiner!" Matthias hatte einen etwas merkwürdigen Humor. Ich schob das darauf zurück, dass er seit 15 Jahren grundsätzlich die Zeichnungen für Stahlbetonbewehrung anfertigte.

Ein Büro weiter saß der Rainer. „Guten Morgen Rainer, weißt du, wo die Bodengutachten vom A11 sind?" „Die müssten beim Matthias stehen. Der hat dort die gesamte Statik stehen." Er sah mich an und rieb mit seinem Finger an seiner Nase. „Warte, die haben wir in der letzten Woche zusammen gesucht. Chef wollte die sehen." „Und hat er die nun?" „Natürlich nicht! Hat uns hier erst aufgescheucht und nun stehen die fünf Ordner unten im Besprechungsraum im Regal. Typisch! Steht ,Bodengutachten A11' drauf. Kannste nicht verfehlen. Was willst du denn damit? Du hast doch keine Ahnung von Boden!"

Ich möchte einmal unterstellen, dass sich mancher Statiker mit Baugrundarbeiten auskennen könnte. Doch war Rainer bestimmt kein ausgewiesener Experte. Dass ich noch weniger Ahnung hatte, musste ich ihm ja nicht auf die Nase binden. „Es soll da im Bereich des zentralen Fluchttunnels noch Optimierungspotenzial gegeben haben. Franke sagte, ich soll mir das ansehen."

„Oh nein, nun mischen sich Oberbauleiter und Bauleiter in die Gründungarbeiten ein, das geht nicht gut! Da muss ich Lahmann aber Bericht erstatten!"

Das war nicht so günstig; um ihn von diesem Plan abzuhalten musste ich mir etwas einfallen lassen. „Keine Sorge, hier geht es nur um das Füllmaterial der Dränageleitungen, da können wir vielleicht ein günstigeres einsetzen."

„Na, dann. Geht mir nur nicht an den Boden unter den Fundamenten!"

Der Besprechungsraum war leer. Das große, voll versenkbare, bodentiefe Fenster war halb herabgelassen worden. Vermutlich hatte Lahmanns persönliche Assistentin hier noch vor Kurzem eine geraucht. Der Geruch des kalten Rauchs hing in der Luft. Dann sollte ich eine Zeit lang Ruhe haben. Die anderen rauchenden Mitarbeiter gingen ihrer Sucht am Nebeneingang nach.

Rainer hatte Recht, die Ordner standen im besagten Regal. Ich stellte alle Ordner auf den Besprechungstisch. Die Ordner, es waren die schmalen, waren ordentlich beschriftet. Mein Kollege, der hier im Büro für das A11 zuständig war, hatte eine sehr saubere

Handschrift, anders als das sonst so oft und insbesondere bei mir der Fall ist. Es gab sechs unterschiedliche Ordner und damit Gutachten. Ich nahm mir die ersten beiden vor. Da stand was drin von der Zusammensetzung der einzelnen Bodenschichten. Er hatte sich darüber ausgelassen, wo in den einzelnen Untersuchungspunkten der tragfähige Boden beginnt. Insgesamt das, was ein Bodengutachten aussagen sollte. Bei den restlichen las ich nur noch die Zusammenfassung auf der letzten Seite. Ich konnte nichts von Bedeutung entdecken. Ein einleitender Hinweis in den Gutachten wie „Vorsicht, unbedingt beachten!" wäre hilfreich gewesen. Ein Blick in das Kapitel der chemischen Zusammensetzung der Bodenschichten zeigte, dass in einem Bereich Spuren einer PAK-Belastung vorhanden sein sollten, jedoch war die Belastung unterhalb der zulässigen Grenzwerte. Also insgesamt Fehlanzeige.

Was wollte Kaul mit dem Hinweis auf seiner Rechnung sagen?

Ich nahm mir alle sechs Gutachten nochmals vor und legte diese nebeneinander auf den Besprechungstisch. Die erste Seite zeigte immer den Ausschnitt des untersuchten Geländebereichs und den Grundriss. Das Gutachten zeigte alle Bereiche des Einkaufscenters, die sich teilweise schon in der Ausbauphase befanden. Der zentrale Eingangsbereich, der Bereich, wo ich Kaul zuletzt lebend getroffen hatte, fehlte. Es musste noch ein siebtes Gutachten geben.

Ich lief zu Rainer „Woher hast du denn die Bodenkennwerte der Spiegelachse? Das Gutachten hierzu finde ich unten nicht!"

„Das gibt es auch nicht!" Rainer sah mich an und zwinkerte mir zu, das machte er immer, wenn er nervös wurde. „Chef hat gesagt, dass ich die Werte interpolieren sollte. Der Boden dort wäre insgesamt sehr homogen und er hätte keine Lust, auch noch ein siebtes Gutachten zu bezahlen, indem immer nur das von den anderen wiederholt wird. Kann ich nachvollziehen."

Was hatte Kaul mit dem Problem gemeint? In den Gutachten,

die eben vor mir gelegen hatten, war nichts zu lesen von Problemen. Alles im grünen Bereich. Nix mit, Gronau, wir haben da ein Problem! Gab es noch ein weiteres Gutachten? Eines, das die Spiegelachse einschloss? Ich musste es herausfinden.

Kaul hatte sein Büro ja auch in Gronau, er hatte es zusammen mit seinem Partner Dr. Hans P. Jakomo geführt. Also müsste es dort noch Mitarbeiter geben, die mir etwas sagen könnten.

Mit dem Fahrrad war das Büro in 10 Minuten erreicht. Vor dem kleinen Bürogebäude standen drei Autos. Ein Fenster war auf. In dem kleinen Empfangsbereich stand auf der Theke ein Trauerbild von Kaul. Eine junge Frau, ich hatte sie noch nie gesehen, sah mich fragend an: „Sie wünschen?" „Entschuldigung, mein Name ist Beermann, Adrian Beermann!" „Ach Herr Beermann, Sie sind das. Ich bin Marie-Louise Sandscheiper." Ich hatte bei früheren Bauvorhaben ein paarmal was mit ihr zu tun gehabt und telefoniert. „Ich hatte mir Sie immer größer und schlanker vorgestellt und mit mehr Haaren. Ihre Stimme hatte mich immer an Robert Redford erinnert. Der Schauspieler, kennen Sie den?" Sie sah mich mit lauteren, ehrlichen Augen an. „Redford wird im deutschen Kino und Fernsehen synchronisiert. Der Synchronsprecher ist ein kleiner dicklicher Typ mit Halbglatze. Sie müssen immer tiefer graben, wenn Sie sich ein objektives Bild machen wollen, so wie bei einem Bodengutachten." So eine dumme Kuh! „Ach so! Das wusste ich nicht!"

„Ich wollte auch nicht mit Ihnen über Schauspieler reden. Ich brauche noch ein Bodengutachten von Berlin. Das hat Herr Kaul noch gemacht." „Oh, mein armer Chef, seine Mutter ist unendlich traurig und auch wir hier. Wir vermissen ihn so! Aber Dr. Jakomo macht hier weiter. Er sucht schon einen neuen Partner. Wäre das nicht etwas für Sie?"

Ihren letzten Satz beachtete ich nicht. Ich und Bodengutachter!

„Ja, ich finde das auch tragisch. Doch jetzt suche ich das letzte Gutachten von dem A11-Center. Haben Sie das noch hier?" „Das mit dem letzten Gutachten ist auch traurig. Das hatte der Chef fertig gemacht, ich hatte es kopiert und dann war mein Computer kaputt. Die ganzen Daten waren weg und dann wurde dem Chef in Berlin auch noch die Kopie gestohlen. Das Original müsste irgendwo bei Ihnen in Berlin sein. Zumindest hat der Chef so etwas angedeutet." „Ja, wir haben sechs im Büro in der Akte, alle im Original. Wie viele gibt es denn?" „Warten Sie, ich schaue mal nach!" Sie blätterte in einem Ordner. „Es sind sieben Gutachten. Je drei für die linke und die rechte Seite sowie eins für die Spiegelachse. Was das genau bedeutet, steht hier nicht. Da müssen Sie vielleicht mit Dr. Jakomo sprechen."

„Danke, das hilft mir ein Stück weiter." Damit war meine Vermutung richtig gewesen. Es gab für die Spiegelachse ein eigenes Gutachten. Das musste ich finden.

Dienstag, 04.Juli

Ich hatte Glück gehabt; ursprünglich wollte mein Chef nach Berlin fliegen und ich hätte einen Mietwagen nehmen solle. Doch Lahmann, hatte einen anderen Termin und keine Zeit für Berlin. Ich bekam sein Flugticket. Ich flog gerne vom Flughafen Münster/Osnabrück. Nicht nur wegen der Schokolade. Es waren auch immer interessante Gäste an Bord. Heute stand am Check-in vor mir der bekannte FPD-Politiker aus Münster. Auch wenn er bekannt war, so konnte ich mich nur an seinen Vornamen erinnern. Jürgen W. hatte sich während meines Studiums einmal einige faule Tomaten an der FH eingefangen. Nun sah er sehr gelassen aus, in seinem dunkelblauen Zweireiher wirkte er wie ein Graf.

Ich wurde aus meinen Erinnerungen an die studentischen Zeiten gerissen. Eine Hand legte sich federleicht auf meine Schulter.

„Hallo Herr Beermann. Sie fliegen auch mit?" „Sonst stände ich wohl nicht hier!", schoss es mir durch den Kopf. Doch als ich Franjo Meijer, unserem holländischen Stararchitekten, in die Augen sah, stimmten mich die blassblauen, traurig blickenden Augen sofort gnädig. „Hallo Herr Meijer, das ist ja schön. Dann fliege ich ja zusammen mit einem bekannten Gesicht!" Der wie immer ganz in schwarz gekleidete Mann zwinkerte mir zustimmend zu. „Ich wünschte mir, dass wir in Enschede, zumindest in der Nähe, auch einen Flughafen hätten. Dann würde ich mir einen ganz schönen Weg sparen." „Haben Sie nicht in Twente einen Flughafen?" „Ja, der ist aber vom Militär. Der wird bestimmt nie aufgegeben. Also fliege ich immer ab hier!"

„Stellen Sie Ihr Gepäck doch bitte hier drauf!", sprach mich die Dame vom Check-in an, so dass ich meinen Blick von diesen Augen lösen konnte. Mir waren seine traurigen Augen bislang nie aufgefallen. Ich stellte meine Koffer auf das Gepäckband und nahm meine Bordkarte entgegen. „Ach, noch eine Bitte, kann der Herr hinter mir im Flugzeug neben mir sitzen?" Vielleicht wusste Meijer etwas von dem Bodengutachten und ich könnte mich überhaupt einmal mit ihm unterhalten, so in Ruhe, wie es eben nicht in Baubesprechungen möglich war.

„Das ist kein Problem, in der Maschine ist der Platz neben Ihnen unbesetzt. Da kann sich der Herr neben Sie setzen. Ich vermerke es in seiner Bordkarte."

„Das ist Ihnen doch recht, Herr Meijer, oder war ich zu voreilig?" Nun hatte er einen Platz neben mir und wenn er die deutsch-holländische Freundschaft nicht gefährden wollte, musste er zustimmen. „Nein, das ist eine gute Idee. Da können wir uns mal in Ruhe unterhalten." Seine rechte Hand strich leicht meinen Rücken herunter. Eine komische Geste, war vielleicht eine holländische Eigenheit, ging mir durch den Kopf. Aber wichtiger war, dass auch er den Wunsch hatte, sich auszutauschen. Das konnte ja interessant werden.

Als sich die Räder des Flugzeugs vom Boden lösten, griff Meijer nach meiner Hand. Mein Kopf ruckte zu ihm rum und ich sah ihn fragend an, ließ jedoch meine Hand im Sinne der besagten Freundschaft liegen. „Alles klar mit Ihnen, Herr Meijer?" Mit der anderen freien Hand zeigte ich auf seine, meine linke Hand festhaltende Hand. „Entschuldigung, aber wenn der Flieger abhebt oder landet, dann habe ich immer Angst und suche einen Halt!" Er ließ meine Hand los. „Geht es wieder?" „Ja, danke!" Seine blassblauen Augen sahen mich leidend an. Der Mann wollte sich mir anvertrauen. Das musste ich unterstützen und sein Vertrauen gewinnen. Ich nahm nun meinerseits seine Hand.

„Geht es Ihnen nicht gut?"

Er drehte seinen Handrücken, auf dem meine Hand ruhte, um und umfasste nun ganz bewusst meine Hand. Wir hielten Händchen. Andere Länder, andere Sitten. Die Maschine war recht leer und Jürgen W. saß vorne und bequatschte die Flugbegleiterin. Meijer drückte meine Hand und seufzte.

„Ach Herr Beermann, ich trauere und kann ihn nicht vergessen!" „Wen können Sie nicht vergessen?"

„Sollen wir nicht Du sagen? Ich bin sichtbar der Ältere von uns beiden und wir Holländer sind da nicht so wie ihr Deutschen."

Bei denen war anscheinend einiges anderes.

„Gerne, ich bin Adrian!" „Franjo. Sekt haben wir keinen, dann können wir leider nicht anstoßen."

Die Flugbegleiterin fuhr mit ihrem Wägelchen an uns vorbei. „Möchten Sie etwas trinken?" Das war Franjos Stichwort. „Haben Sie einen Sekt?" „Wir haben Piccolöchen." „Fein, dann nehmen wir zwei!" „Jeder zwei?" „Nein, nein, dann bekommen wir ja noch einen Schwips!" Er lachte künstlich und seine Hand federte leicht abwinkend durch die Luft.

Wir erhielten zwei Sekt und Plastikbecher.

Franjo hob den Plastikbecher und stieß an meinen. „Ich bin der Franjo." „Adrian." In dem Augenblick, als er das Ritual fortführen wollte, schüttelte sich das Flugzeug und Franjo drückte sich in seinen Sitz. „Sehr geehrte Damen und Herren, hier spricht Ihr Flugkapitän. Im Raum Hannover gibt es ein Gewitter, das wir am Rande streifen. Dadurch könnte der Flug etwas unruhig werden. Schnallen Sie sich bitte an."

Franjo nahm wieder meine Hand. „Jetzt ist mir wieder ganz anders!" „Mach dir keine Sorgen, Franjo, das ist ganz harmlos!", log ich. Denn das Schwanken des Fliegers war nicht schön, mir wurde in fast jedem Kirmesfahrgeschäft schlecht. Da war das hier gar nichts für mich. Wäre doch besser gewesen, wenn mein Chef den Flug genommen hätte. Nun drückte auch ich Franjos Hand. Nach einiger Zeit wurde es wieder ruhiger und der Gesprächsfaden konnte wiederaufgenommen werden.

„Wen kannst du nicht vergessen?" „Ja, den Conrad!" „Welchen Conrad?"

„Conrad Kaul, den toten Bodengutachter!"

„Ja, das geht mir auch so. Aber das Leben geht weiter. Standest du ihm näher?"

Franjo sah mich mit seinen blasblauen traurigen Augen an. „Ja sicher! Wir waren seit drei Jahren ein Paar."

Na klar, der Holländer war schwul. Seine Körpersprache hatte es bereits vertraten. Doch erst jetzt wurde es für mich deutlich. Das hätte ich mir eigentlich denken können. Doch in solchen Gedankengängen war ich offensichtlich zu sehr wie Walter Faber.

„Was! Du und Kaul, ihr wart ein Paar! Das wusste ich nicht."

„Dein Chef schon, der hat uns manchmal damit aufgezogen, so mit deutsch–holländischer Freundschaft oder so. Waren aber ganz harmlose Scherze."

Und so verschwiegen wie mein Chef war, war es ganz normal

für den, dass er nicht darüber redete.

Franjo ließ meine Hand los. Er kramte in seinem Sakko und holte ein Foto von sich und Kaul hervor. Die beiden standen eng umschlungen an einem wunderschönen Sandstrand im Sonnenuntergang. Sie hatten ihre Köpfe liebevoll aneinander gelegt.

„Ich habe ihn geliebt!" Er schluchzte.

„Oh, man Franjo, das ist ja noch viel tragischer als jemals angenommen. Ich war immer davon ausgegangen, dass er ein Einzelgänger war. Ich kannte ihn ja auch nicht näher. Das war auch das Ermittlungsergebnis der Polizei. Wie siehst du das denn mit dem Tathergang?"

Das war jetzt die Gelegenheit etwas mehr zu erfahren. Franjo hatte sich geöffnet. Da musste ich jetzt nachhaken und konnte keine Rücksicht auf seine Gefühle nehmen. Hier war nun nüchterner Verstand, eben der eines Homo Faber, gefragt.

Franjo schnäuzte sich mit einem orangenen Taschentuch, das das Monogramm „CK" trug. „Ich bin mir nicht sicher, wer Conrad umgebracht hat. Aber wenn die Polizei das so festgestellt haben will, dann wird es schon stimmen. Ihr Deutschen seid doch immer so gründlich." Er schniefte. „Conrad war auch immer so gründlich. Er ging der Sache immer auf den Grund."

Das war ja auch die Aufgabe eines Bodengutachters, die Voraussetzungen für die Gründung zu untersuchen.

„Hat er dir mal was von dem Bodengutachten erzählt, von dem letzten, das ihm gestohlen wurde?"

Wenn er sich jemanden anvertraut hatte, dann doch bestimmt seinem Liebsten.

„Ja, er war außer sich. Dass das weg war und dann auch noch der Datencrash in Gronau. Er wollte Marie-Louise schon entlassen, aber sie ist ja seine Nichte." Das arme Mädchen wird bestimmt nie wieder vergessen, eine Datensicherung durchzuführen.

„Aber was stand denn drin in dem Bodengutachten? Hat er dir

etwas erzählt?"

Wie sollte ich nur weiterkommen, wenn er es nicht wusste? Ich war mir sicher, das Bodengutachten war der Schlüssel zur Lösung.

„Da kennst du Conrad aber schlecht!" Er schniefte und putzte sich die Nase erneut. „Ich meine, da kanntest du ihn aber nicht gut! Conrad sprach nie über seine Arbeit. Erst wenn er sich ganz sicher war. Er sagte mir noch kurz vor seinem Tod, dass er erst noch etwas überprüfen müsste, ehe er mir alles erzählen könnte."

„Und bist du nicht neugierig, was er herausgefunden hat?"

„Nein, er soll sein Geheimnis mit ins Grab nehmen. Ich will jetzt alles vergessen und hoffe, dass mir meine Trauer nicht weiterhin meine Kreativität nimmt. Ich bekomme im Augenblick nichts mehr zu Papier."

„Achtung: Wir beginnen nun mit dem Landeanflug auf Berlin, schnallen Sie sich bitte an."

Franjo putzte sich laut die Nase. Sehr abschließend hörte sich das an, so als sollte alle Trauer aus der Nase fliegen. Er steckte das Taschentuch und das Bild wieder weg und stockte etwas.

„Schau mal, noch ein Foto von uns. Zum Beginn der Bauarbeiten am A11." Die beiden standen händchenhaltend vor der ersten Baugrube.

Dass die ihre Liebe so zeigten, das hätte mir auffallen müssen.

„Wer hat denn das Foto gemacht?" „Das war Willi." „Du meinst Wilhelm Büker? Mein Kollege aus Berlin, der direkt nach der Wende als Büroleiter von Gronau in unsere Berliner Dependance geschickt wurde, da er der einzige Junggeselle im Büro war?"

„Ja, genau. Ist da etwas komisch?" Franjo sah mich fragend an. „Ne, es wundert mich nur, dass er von euch anscheinend private Fotos machte." „Ich war vor Conrad mit ihm zusammen!"

Ich hielt all meine in solchen Fällen oftmals zu spontanen Reaktionen zurück und beschränkte mich auf: „Ach so!"

Das war auch die Erklärung, warum Büker Junggeselle war.

Denn ansonsten gab es im Westmünsterland keine Junggesellen. Dort fand, dank intensiv gefeierter Schützenfeste, die schon manchen Menschen attraktiv gemacht hatten, jeder Topf einen Deckel.

Nun hatte mich das Gespräch mit Franjo nicht wirklich weitergebracht. Einzig, dass Franjo und Kaul ein Paar waren, war, zumindest für mich, neu gewesen. Und natürlich auch, dass Büker schwul war, war neu. Ich vermutete, dass Kummer das auch in Erfahrung gebracht hatte. Dass Franke hiervon wusste, glaubte ich nicht. Der hatte neulich so ahnungslos getan. Wenn er es gewusst hätte, hätte er es von sich gegeben, wie eine Betonpumpe, die ihren Beton herausspucken muss, um nicht festbetoniert zu werden.

Mittwoch, 05.Juli

Das verlängerte Wochenende hatte mich in der Sache „Tod eines Bodengutachters" nicht weitergebracht. Gleichwohl hatte ich neue Kräfte gesammelt, um mich mit dem Gröbaz zu messen. Ich war gespannt, was er mir wieder an den Kopf werfen würde. So betrat ich den Container an diesem Morgen voller Tatendrang.

Doch konnte ich diesem Drang nicht folgen. Es war noch keiner da, mit dem ich mich hätte messen können. Ich beschloss, das zu tun, was Bauleiter regelmäßig machen, wenn es nichts Wichtiges zu tun gibt oder der Papierkram noch nicht dringend genug ist. Ich streunte über die Baustelle. Im Westflügel beginnend, konnte ich zwei Trockenbauer davon abhalten, den möglichen Tod zu finden. Die beiden Männer hangelten sich mit ihrem Rollgerüst von einem Drahtabhänger über den nächsten weiter und hätten dabei die nur mit einem Styroporklotz versehene Abdeckung für einen Lastenaufzug übersehen.

Ich konnte den Bauleiter geben. „Mann, seid ihr noch zu retten! Da vorne befindet sich eine ungesicherte Deckenöffnung!" Die

Männer antworteten in einer mir unbekannten Sprache.

Mein Weg führte mich zu dem zukünftigen Herrenausstatter mit Discountpreisen. Dort war ein Putzer dabei, Eckschutzschienen anzubringen. „Gib mir mal deine Wasserwaage!", raunte ich den Mann an. Er bückte sich und reichte mir eine schmutzige Flasche Wasser. „Nein, eine Wasserwaage, kein Wasser!" Der Mann sah mich fragend an, zuckte mit den Schultern und rief: „Päällikkö!" Ein Mann, der aussah, als habe er die siebzig weit überschritten, schlurfte auf mich zu. „Problem?" „Die Eckschutzschiene ist schief, hast du mal eine Wasserwaage?" Er rief über seine Schulter: „Vesivaaka!" Die Männer kamen mit wenigen Worten aus. Die Wasserwaage zeigte es, von lotrecht konnte man hier nicht sprechen. Ich beschränkte mich auf wenige Worte: „Richtig machen, ist nicht korrekt!" Die Wasserwaage stieß ich dabei immer an die Eckschutzschiene.

So war das Leben als Bauleiter auszuhalten. Da konnte ich fast schon den toten Kaul vergessen. Somit lief ich pfeifend über die Baustelle, sah hin und wieder in die Luft, wenn Handwerkerdekolletés zu deutlich gezeigt wurden, und schlenderte so zwischen den Roh- und Ausbaubereichen hin und her.

Zukünftige Schaufenster gaben den Blick auf den Container frei. Ich hatte immer wieder mal einen Blick dorthin geworfen. Der Gröbaz sollte mir ja nicht vorhalten, dass ich mir die Zeit auf der Baustelle vertreiben würde. Bislang war sein Auto jedoch noch nicht zu sehen. Doch just in diesem Augenblick befuhr ein dunkler BMW mit hoher Geschwindigkeit die Baustraße in Richtung Container. Wer das wohl sein könnte? Ich musste zurück, zudem hatte sich Kaffeedurst eingestellt.

Es war Sergej Molotow. „Hallo Herr Molotow, was liegt an, dass Sie schon so früh auf der Baustelle sind."

„Ich muss Franke sprechen! Dringend. Die Chefin schickt mich!"

Mir war bislang nicht so klar, ob seine Chefin wirklich seine Chefin war, oder ob es da noch andere, persönlichere Verbindungen gab.

„Haben Sie eine Chefin?" Ich wollte den Mann mal ein wenig kitzeln. Er würde schon nicht den Cocktail, der seinen Namen trug, herausholen.

Molotow sah mich dämlich grinsend an. „Tja, da hast du recht. Aber verdammt, wo ist Franke. Ich muss ihn jetzt sprechen. Los hol ihn."

„Da hinten kommt er." Ich zeigte auf ein sich näherndes Auto.

Franke stieg mühsam aus seinem Auto. Er war offensichtlich noch nicht ganz fit. „Soll ich Ihnen helfen Herr Franke?", flötete ich. „Halt die Klappe, Beermann. Haste schon Kaffee gekocht? Das wirst du ja noch können!" In wenigen Sekunden hatte ich meinen Gröbaz, er war nun für den Termin mit Molotow eingestimmt. Nun würden gleich zwei gut eingestimmte Alpha-Tiere aufeinanderprallen.

„Franke, ich muss Sie sprechen!"

„Moment mal, für Sie immer noch Herr Franke." Gröbaz wurde schon recht laut.

„Kommen Sie mit, meine Herren. Ich mache Ihnen einen leckeren Kaffee!" Die beiden stiefelten hinter mir die hölzerne Treppe hoch.

„Und was gibt es, Herr Molotow, dass Sie mich so dringend sprechen müssen?"

Ich beschäftigte mich derweil mit der Kaffeemaschine.

„Ich wollte unter vier Augen mit ihnen reden!"

„Beermann, ist der Kaffee schon fertig?" „Noch nicht ganz, er läuft!" Gröbaz schien sich wieder gefangen zu haben. Ich hatte gehofft, dass er weiter laut polternd auftreten würde.

„Geh mal zum Echterstein und schau nach, wann die den nächsten Abschnitt machen."

„Habe ich schon eben gemacht! Die fangen übermorgen an."

„Das ist zu spät!" Er schlug krachend auf den Tisch. „Ich hatte dir doch gesagt, dass er morgen anfangen soll."

„Tut mir leid, aber daran kann ich mich nicht erinnern. Übermorgen stand auch im letzten Baustellenprotokoll."

„Das ist doch Scheiße hier! Glaubt denn jeder, er könne hier machen, was er wolle. Du gehst jetzt zu ihm und bestellst ihm, dass er morgen anfängt!"

Ich schnappte mit noch eine leere Kaffeedose und verschwand, nicht jedoch zum angewiesenen Ort, sondern in unser Baustellensanitätscontainer, der genau unter dem Besprechungstisch stand. Ich stellte einen Stuhl auf einen Tisch und schloss vorsichtshalber ab. Als ich oben auf dem Stuhl stand, konnte ich die Dose an die Decke über mir legen. Dieser Container war sehr spartanisch ausgestattet und hatte keine Deckenverkleidung, so dass die Dose auf dem Metall des Containers lag. Ich versuchte, nur flach zu atmen Wobei das nicht nötig war, denn die beiden sprachen sehr laut.

„… Zeizig besteht darauf, dass Sie ihr regelmäßig Bericht erstatten. Sie will besser informiert sein. Sie hat große Angst, dass das Center nicht pünktlich eröffnet werden kann."

Ja, das wäre ihr, Ottos und Lahmanns, Todesstoß. Wer weiß, wer noch alles in der Sache Geld in die Hand genommen hatte.

„Die soll sich keine Sorgen machen! Ich berichte ihr ohnehin regelmäßig. Dafür bezahlt sie mich ja auch gut!"

„Sie hat aber den Eindruck, dass Sie nicht immer die Wahrheit sagen! Deshalb komme ich jetzt regelmäßig hier vorbei und Sie berichten mir! Wenn hier Probleme auftreten, dann kann ich die mit ganz anderen Mitteln beseitigen. Ich habe da meine Erfahrungen." Er lachte verhalten.

Das war es, diese versteckte Botschaft konnte nur bedeuten, dass Molotow seine Finger bei Kauls Tod mit im Spiel hatte. Ich hörte wieder Frankes Stimme. „Das kostet aber extra!"

„Für Sie gibt es nicht mehr Geld. Es reicht! Die Chefin war da ganz deutlich. Zudem hat der Bulle auch noch einiges bekommen, damit er die richtige Spur zur Lösung des Mordes fand. Und passen Sie auf, dass ihr Adlatus nicht auch noch auf die Gehaltsliste von Frau Wolski-Zeizig aufgenommen werden muss."

Wer war wohl dieser Adlatus? Bislang kannte ich alle Beteiligten.

„Beermann habe ich im Griff!"

So, so. Außerdem wollte ich diesmal gar kein Geld, ich wollte die Wahrheit wissen und hier war bestimmt viel Wahrheit zu finden. Das musste ich weiterverfolgen. Ich hatte genug gehört und nun war auch klar, warum Franke nicht lauter geworden war. Molotow war im übertragenen Sinn sein Vorgesetzter. Wenn das Lahmann wüsste! Oder hing Lahmann da auch noch mit drin? Ich musste noch ruhig bleiben, weiterhin Fakten sammeln und vor allem dieses blöde Bodengutachten finden!

Freitag, 07.Juli

Die Vorfreude auf das, wenn auch kurze, Wochenende war gegen Mittag gestorben. Unser Rohbauunternehmer Echterstein hatte verlauten lassen, dass er es geschafft hätte, eine Truppe Arbeiter für das Wochenende zu gewinnen. Leider hatte er keinen eigenen Bauleiter auftreiben können und dann wäre es ihm nicht möglich, den festgesetzten Termin einzuhalten.

Mit dieser Nachricht stand Echterstein vor Franke.

„Das ist ja wunderbar, dann können wir die Decke in dem ersten Abschnitt ja betonieren."

„Aber ich habe doch keinen Bauleiter! Einer muss das kontrollieren. Der rumänische Polier spricht deutsch, aber auf den kann ich mich nicht wirklich verlassen und meine Leute haben keine Zeit! Ich selber bin daheim unabkömmlich. Ich hatte in der letzten Baubesprechung ja bereits gesagt, dass der Termin für eine vernünftige Arbeitsvorbereitung zu knapp ist." Echterstein sah zwischen Franke und mir hin und her.

Ich ahnte, dass Franke nun ganz lässig in seine zweite Persönlichkeit, dem Gröbaz, schlüpfen würde.

„Da mach dir keine Sorgen, Echterstein. Ich habe da noch einen jungen, hoch motivierten Bauleiter, der macht das bestimmt." Franke sah mich grinsend an.

„Was! Ich? Nee, das kann nicht Ihr Ernst sein! Ich hatte Karten fürs Theater, Faust!" Hatte ich natürlich nicht, aber mir war so schnell keine bessere Ausrede eingefallen.

„Was kosten die? Du bekommst das Geld aus meinem Problemfonds wieder und noch einen Schein obendrauf!" Ein Schein obendrauf, warum nicht. Das Wochenende war ohnehin ohne Planung gewesen. Und vielleicht hatte ich die Möglichkeit, noch mehr Fakten zu gewinnen.

Ich winkte mit der Hand. „Lassen Sie stecken, die hätte ich eh erst an der Abendkasse zahlen wollen. Den Schein obendrauf nehme ich aber! Und die Rechnung von der Hotelbar zahlen Sie auch!"

Franke fuhr später in sein Penthouse nach Berlin. Helga verabschiedete sich auch. „Ick mach'n Abjang! Wenn wat is, melde dich."

„Warte mal, Helga, wo sind denn eigentlich die Akten mit den Bodengutachten?" Es war naheliegend, dass ich hier etwas finden könnte und hier hatte ich noch nicht gesucht.

„Ded is in dem Schrank!" Sie zeigte auf einen verschlossenen

Aktenschrank in der Ecke. Dort wurden die Angebote und Rechnungen der Firmen eingeschlossen. „Ick hatte hier doch noch 'n Schlüssel zu liejen jehabt!" Sie sah mich an und schlug sich mit der flachen Hand vor die Stirn. „Ach ne, den Schlüssel hat er! Da kommste jetz nicht dran!"

Na, so ein Schloss sollte mich nicht abhalten. Wenn ich hier alleine war, hatte ich Zeit und konnte es mal mit einer Haarnadel oder so versuchen.

Ich lief noch etwas über die Baustelle und wartete, bis es ruhiger wurde. Gegen vier waren nur noch Bauarbeiter auf der Baustelle. Echtersteins Rumänen hatten sich an die Arbeit gemacht. Keine Chefs, Meister, Poliere oder sonstige Leute, die unangemeldet im Container auftauchen könnten. Da ich keine Haarnadel fand, besorgte ich mir einen Schraubenschlüssel.

Der Schraubenschlüssel stecke bereits in der Türfalz, meine Muskeln waren gespannt. Nur mit wenigen Mühen hätte ich das Schloss geknackt und es einem Einbruch in die Schuhe geschoben. Da fiel mir blitzschnell ein, dass am Montag bestimmt gefragt würde, was hier den passiert sei und warum denn nicht auch das Schloss des Containers aufgebrochen war. Dann würde der Verdacht zwangsläufig auf mich fallen. Meine Muskeln entspannten sich. Es musste noch einen anderen Weg geben.

Gut, dass ich einmal einen handwerklichen Beruf erlernt hatte. Der Schrank hatte auch eine Rückwand! Da musste ich dran. Doch der Versuch, diesen einfach von der Wand wegzuschieben, wurde durch die scheinbar unüberwindlichen Reibungskräfte zwischen Schranksockel und dem Bodenbelag verhindert. Unten vor dem Container lagen noch einige Latten. Die konnten als Hebel zwischen Container und Schrank angesetzt werden. Mithilfe des Hebels gelang es mir dann, den Schrank zu bewegen. Knarrend und ätzend überwand ich die nun nicht mehr unüberwindlichen

Kräfte. Der Schrank stand im Raum. Der Schraubendreher, als Hebel eingesetzt, löste die Rückwand schnell vom Schrank. Dass die Rückwand gelöst worden war, würde, wenn überhaupt, erst dann auffallen, wenn der Container leer geräumt wurde, und das dauerte noch.

Vor mir waren die Ordner aufgereiht, zeigten jedoch nicht ihre meist aufschlussreicheren Rücken. Damit musste ich alle aus dem Schrank herausnehmen. Ich hatte bei solchen Aktionen immer das Pech, dass das, was ich suchte, immer erst zum Schluss auftauchte. Deshalb sollte hier die Fuzzylogik helfen. Ich nahm wahllos Ordner aus dem Schrank und stellte sie auf den Besprechungstisch. Als nur noch 10 Ordner im Schrank standen, hatte ich immer noch kein Bodengutachten gefunden. Anscheinend waren die Ordner auch mit Fuzzylogik in den Schrank gestellt worden. Mit doppelter Fuzzylogik kannte ich mich nun nicht aus. Ich hatte die Hoffnung schon fast aufgegeben, da nahm ich einen übervollen Ordner mit der Aufschrift „Bodengutachten" in die Hand. Hier hatte man den Inhalt von den kleinen Ordnern in einen großen gepresst. Ich entspannte mich und drehte die Akte in meinen Händen. Wenn ich auch nicht Goethes Mephisto erwartete, so hoffte ich dennoch, des Pudels Kern gefunden zu haben. Anders als Faust war ich nun jedoch euphorisch. Der Ordner landete auf dem Schreibtisch.

In Gronau hatte ich alle uninteressanten Gutachten ja bereits gesehen. Auch die befanden sich in diesem Ordner. Nur nicht das letzte entscheidende Gutachten! Ich war enttäuscht. Nun saß ich hier in Berlin und wusste nicht weiter. Wo sollte ich es finden?

Dienstag, 11.Juli

Die letzten Tage waren ruhig gewesen, hatten mich jedoch auch nicht weitergebracht. Dass der Schrank von der Wand abgezogen und alle Ordner umsortiert worden waren, war bislang noch niemandem aufgefallen.

Ich hoffte, dass mein Glück mich nicht verlassen würde. „Beermann, wo ist das Angebot vom Dachdecker?", brummte Gröbaz vom Besprechungstisch aus. Er hatte einen Plan vor sich liegen.

„Weiß ich doch nicht!". Sollte er selber nachdenken. Alle Angebote sollten sich in dem verschlossenen Schrank befinden. Mich überfiel ein kalter Schauer; wenn er nun selber nachsehen würde, dann hätte ich vielleicht gleich ein Problem. Somit schob ich kleinlaut hinterher: „Ich vermute dort im Schrank. Aber der ist noch zu."

Er kramte in seiner Tasche. „Scheiße, wo ist das Mistding? Ach, denn habe ich am Freitag oben in dem Spalt über der Tür versteckt. Hatte ich dir das nicht gesagt?"

Ich konnte es kaum glauben, dass ich mir die ganze Arbeit gemacht hatte. Eine etwas gründlichere Suche wäre hilfreich gewesen. Denn das Band, an dem der Schlüssel hing, war deutlich zu sehen.

Ich stand auf und öffnete den Schrank.

„Was ist, Beermann, wird das noch was?" „Moment, die Akten sind nicht geordnet. Da muss ich erst schauen." „Dann mach deine Glubscher auf! Und dann weißt du ja auch, was du heute noch zu tun hast."

Ich hatte den Ordner gefunden. Froh, dass das von mir verschärfte Ordnerchaos unentdeckt geblieben war, konnte ich dieses mit seiner Weisung nun einfach beheben. Doch wollte ich das nicht sofort zugeben. Er wäre vielleicht misstrauisch geworden.

„Kann das nicht Helga machen? Ich müsste noch die Rechnungen kontrollieren." „Quatsch, du machst das. Die Rechnungen sind in Ordnung. Ich habe eben einen Blick darauf geworfen. Da ziehen wir überall 15% ab und gut ist!"

Ziel erreicht. Somit schenkte ich es mir, den Gröbaz darüber zu informieren, dass es für diese Art der Rechnungsprüfung keine Vertragsgrundlage gab. Die Auftragnehmer an dieser Baustelle mussten alle eine Vertragserfüllungsbürgschaft über 25% der Auftragssumme hinterlegen. War das bereits unangemessen viel, so war eine pauschale Rechnungskürzung zusätzlich benachteiligend für den Unternehmer.

Nachmittags war eine außerordentliche große Baubesprechung anberaumt worden. Ein großer Mieter war insolvent und der neue Mieter hatte natürlich ganz andere Ideen für die nun vakante Mietfläche.

Alle waren da, mein Chef aus Gronau, ein Mitarbeiter der HOG, Herr Deisen, der Haustechniker, Franjo Meijer, mein Berliner Kollege Wilhelm Büker und natürlich Gröbaz. Ich saß etwas abseits am Schreibtisch, um Kaffee zu kochen oder Pläne aus Ordnern zu entnehmen. Wenn das so weiterging, dann würde das mit der schillernden Kariere als Bauingenieur schwierig.

Mein Chef war Gesprächsführer. Er erwarte keine Einwände. Er zählte nur das auf, was für den neuen Mieter geändert werden musste.

„Also wenn der Kollege Büker kein Problem damit hat, dann schneiden wir hier und hier die Decke auf und setzen da die Rolltreppen ein. Ich habe bereits mit dem Hersteller gesprochen, der hat noch zwei auf Lager. Die sind nur etwas zu hoch. Deshalb kommt oben ein Austritt auf einem Podest hin. Alles klar!"

Die Beteiligten nickten stumm. Der Mitarbeiter der HOG, Herr Deisen, wollte noch was sagen. Doch mein Chef fiel ihm ins Wort. „Warten Sie, Herr Deisen, das können wir auch gleich besprechen. Ich will die Herrschaften erst einmal umfassend informieren."

Büker stieß Franjo Meijer mit dem Fuß an und grinste dümmlich.

„Aber, wenn wir oben ein Podest haben, dann stolpern die Leute ja, wenn Sie oben ankommen!", gab nun doch Deisen von sich. „Im

Mietvertrag seht drin, dass alles eben sein muss. Da können wir doch keine Podeste bauen."

„Machen Sie sich keine Sorgen, ich habe das schon mit dem Mieter besprochen. Dafür muss er in seiner Ausbauphase nicht 50% der Miete, sondern nur 25% zahlen. Da müssen Sie, Herr Deisen, noch einen Nachtrag zum Mietvertrag anfertigen. Sie sehen, ich habe hier alles im Griff."

Deisen sah Lahmann mit offenem Mund an.

„Nun zu einer weiteren Änderung. Die Fenster müssen weg!"

„Auf keinen Fall dürfen diese Fenster entfernt werden!" Franjo klopfte vehement mit seinem Zeigefinger auf den Plan. „Das geht gar nicht. Wenn die Fenster dort entfernt werden, stirbt mein architektonisches Gesamtkonzept." Franjo war ganz aufgeregt. „Damit würden Sie die Symmetrie des Gebäudes eklatant stören!"

„Na, nun beruhige dich mal!" Ich wusste nicht, was Gröbaz nun vorhatte, vermutete jedoch nicht, dass er diplomatisch vorgehen würde. „Hier ist schon einer gestorben und wenn jetzt noch etwas stirbt, dann ist das höhere Gewalt. Da ist es ganz egal, was für ein Käsekonzept du hattest. Wir brauchen den Mieter!"

Franjos Mund ging auf und zu. „Das muss ich mir nicht bieten lassen. Ich protestiere in aller Form." Er stand ruckartig auf, sein Stuhl sprang nach hinten, er griff sich mit der rechten Hand an seinen Brustkorb. „Mir wird schlecht bei einer solchen rüden Behandlung meiner Kreativität! Ich muss hier raus!" Mit diesen Worten knickten seine Knie ein und er fiel um.

Büker, der bislang sehr ruhig gewesen war, sprang nun auch auf. „Franjo, Franjo was ist mit dir?" Er kniete sich neben den Architekten und nahm seinen Kopf hoch. „Haben wir hier ein Kissen für seinen Kopf?"

Ich reichte ihm Helgas Stuhlkissen und kniete mich neben ihn. „Franjo, wach auf, mach keinen Quatsch!" Büker lag fast neben ihm und flüsterte leise. Außer mir hörte es wohl keiner. Gröbaz telefonierte laut mit der Rettungswache. „Ich habe doch nur noch dich." Der Büker schien immer noch etwas für Franjo zu empfinden. „Wann kommt den endlich der Krankenwagen?", rief er laut in die Runde. Er war ganz blass geworden. Mit ging ein Licht auf: der liebe Franjo! Ob diese Liebe über die Trauer zu Kaul neu entflammt war? Ich nahm es an.

10 Minuten später war der Krankenwagen da. Ich nahm die Dame mit dem hanseatischen Akzent in Empfang. Sie sah mir tief in die Augen. „Und bei Ihnen alles klar, nichts zurückgeblieben?" „Alles bestens. Der Kranke liegt oben, die Treppe rauf." „Dann packen Sie mal mit der Trage an. Ich bin auch heute wieder alleine."

Ich schnappte mir wie geheißen die Trage und schleppte sie die Treppe hoch. Die Sanitäterin kniete bereits neben Franjo, der langsam zu sich kam. Büker hatte Franjos Kopf auf seinem Schoß gebettet.

Ich hörte, wie Lahmann zu Gröbaz sagte: „Die Fenster müssen weg, da kann der Holländer noch so oft umfallen. Wobei er mit dem Gesamtkonzept nicht ganz unrecht hat. Wir machen Attrappen hin. Lass dir mal ein Muster machen. Ich muss jetzt zum nächsten Termin. Sieh zu, dass das hier läuft!"

Die Sanitäterin kniete neben Franjo, der leise stöhnte. „Ich nehme den Mann vorsorglich mit ins Krankenhaus." Wir halfen Franjo auf. „Ich denke, auf die Trage kann der Patient verzichten. Vermutlich war es nur ein Kreislaufkollaps. Helfen Sie ihm einfach die Treppe runter."

Wir legten ihn dann unten angekommen zum Transport im Krankenwagen doch noch auf die Tragbahre. Er war jetzt schon wieder zu sich gekommen.

Mittwoch, 12.Juli

Im Krankenhaus hatte sich die Diagnose bestätigt. Franjo hatte nur einen Kreislaufzusammenbruch gehabt. Über meinen Kollegen Büker hatte ich diese gute Nachricht erhalten. Der berichtete, dass Franjo bereits seit einigen Tagen nicht gut drauf gewesen war. Sein Büro in Enschede stand kurz vor der Insolvenz. Dann immer noch die Trauer um seinen Freund und nun die drohende Zerstörung seines größten Meisterwerks durch Aufhebung der Symmetrie. Das war einfach zu viel gewesen. Die Nachricht, dass die Fenster durch Attrappen ersetzt werden sollten, hatte nur bedingt zu seiner Genesung beigetragen.

„In was für einem Verhältnis stehen Sie denn zu Herrn Meijer?" Büker hatte sehr wahrheitsgemäß geantwortet: „Wir waren vor Jahren ein Paar. Und ich liebe ihn nun wieder!"

Eine entscheidende Frage war mir erst nach dem Telefonat eingefallen. „Und liebt Sie Franjo auch?" Wobei er mir hierzu bestimmt die Antwort verweigert oder mit der vermeintlichen Selbstsicherheit eines platonisch Liebenden Bestätigung gegeben hätte.

Mein Chef war in Berlin geblieben, er habe noch einige Termine. Deshalb wurde er auch von seiner Sekretärin, die ihn immer tatkräftig unterstützte, begleitet. Gertrud, meine Kollegin, war eine lebensfrohe Frau, die Lahmann in schwierigen Situationen loyal zur Seite stand. Ich hatte immer den Eindruck, dass sie für Lahmann in den Tod gegangen wäre. Alles, was ich oder meine Kollegen mit ihr vertraulich besprachen, landete unweigerlich bei meinem Chef. Ich hatte vor einigen Monaten eine Probe gemacht und ihr erzählt, dass ich ein Angebot einer anderen Firma vorliegen hätte. Zwei Tage später rief mein Chef zu sich und unterbreitete mir, wegen meiner guten Leistungen, eine Gehaltserhöhung. Gut, dass ich einige Bücher von Le Carré gelesen hatte.

Nun war sie auch hier und ich musste sehr vorsichtig sein. Deshalb stellte ich ihr, als sie mir bei der Ordnung der Akten zusah, die entscheidende Frage: „Weißt du vielleicht, wo das letzte Gutachten von Kaul ist?" „Wieso willst du das denn wissen?" „Nun, ich ordne grad den Schrank hier. Da war ein recht großes Chaos. Und dabei ist mir aufgefallen, dass bei den Bodengutachten das letzte fehlt." „Na, wenn ihr das hier nicht habt, dann müsste es ja in Gronau sein, oder?" Warum stellte sie mir die Frage? Es war eigentlich klar, dass das Bodengutachten in Gronau sein müsste. Zumindest theoretisch, ich wusste es ja besser. Denn dort wurden alle Akten in Kopie vorgehalten. Also musste es in Gronau sein. Es sei denn, dass sie wusste, dass es nicht dort war, und wenn sie es wusste, dann war es wichtig. Denn für ein unwichtiges Bodengutachten hätte sie sich nie interessiert.

Ich vermutete, dass es in dem Aktenwust, den Lahmann immer mit sich schleppte, enthalten sein könnte. Er hatte, wenn er mit dem Auto unterwegs war - und diesmal war er damit unterwegs, denn Gertrud hatte Angst vorm Fliegen - immer mindesten drei Pilotenkoffer voller Akten dabei.

Ich musste an seine Akten kommen. „Seid ihr auch im 3S abgestiegen?" Gertrud sah mich verträumt an. „Ja, wir haben unser Lager für die nächsten zwei Nächte dort aufgeschlagen."

Damit hatte ich ausreichend Zeit und Lahmann würde ja nicht immer auf seinem Zimmer sein. Ich musste den kühnen Plan umsetzen und in sein Zimmer gelangen.

Nachmittags verabschiedete sich Gertrud endlich. „Willi, äh Herr Lahmann hat angerufen, ich muss zu einem Termin ins Hotel!", berichtete sie mir, als ich von meiner Runde über die Baustelle wiederkam. „Ich habe mir ein Taxi bestellt."

Das war die erhoffe Gelegenheit, ich musste auch ins Hotel. Es durfte jedoch nicht auffallen, dass ich plötzlich auch dort war. Ich brauchte einen Grund. Ich könnte behaupten, dass mein Insulin verbraucht war. Wobei allgemein bekannt war, dass ich kein Diabetes hatte. Kopfschmerzen und früher Feierabend. Ging auch nicht, Bauleiter hatten keine Kopfschmerzen und machten auch nicht früh Feierabend, wenn sie keinen triftigen Grund hatten. Hunger! Hunger war gut, dafür war ich bekannt und zwischen der Baustelle und dem Hotel lagen keine anderen Verpflegungsmöglichkeiten. Damit musste ich ins Hotel und dort machte die Küche um 17 Uhr auf. Jetzt war es halb Fünf. Also frisch machen und essen.

Drei Minuten später hatte ich den Container abgeschlossen und den Schlüssel für solche Fälle unter der untersten Treppenstufe unter einem Stein versteckt. Es konnte sein, dass Helga noch kam, sie war den ganzen Tag noch nicht hier gewesen und Gröbaz hatte ihr bereits drei Briefe diktiert. Mit meinem Baustellenfahrrad ging es mit Rückenwind zügig zum Hotel.

Lahmanns BMW stand auf dem Behindertenparkplatz vor dem Hotel, der war dem Eingang am nächsten. Ich stelle mein Bau-Rad etwas abseits, damit meine Anwesenheit nicht bereits hier auffiel. Davon aufgehend, dass die beiden eine Besprechung hatten, schaute ich vorsichtig in den öffentlich zugänglichen Räumen im Erdgeschoss nach. In der Hotelbar traf ich auf Helmut, den Barmann. Er war dabei, sich auf den Abend vorzubereiten. Da die beiden Gesuchten auch nicht hier waren, konnte ich in den Raum eintreten.

Helmut winkte mir zu und hob ein Bierglas in die Höhe. "Möchten Sie ein Bier, Herr Beermann, ich habe grade ein Fass angestochen!" "Ne, is mir noch ein bisschen früh. Haben Sie vielleicht meinen Chef gesehen, ich wollte den noch sprechen?" Vielleicht wusste er etwas. Helmut war immer gut informiert. "Tut mir leid, Herr Beermann, aber da kann ich nicht weiterhelfen. Ach übrigens, die Tupperware-Dame ist auch wieder hier, hat ein Seminar. Mit Übernachtung!" Er kniff ein Auge zu und grinste.

Waren die beiden abgeholt worden? Was sollte ich jetzt noch machen? Zur Baustelle zurück, darauf hatte ich keine Lust mehr. Ich beschloss, zu duschen und dann mit Tupperware-Simone einen vielleicht schönen Abend in der Hotelbar zu verbringen. Diesmal sollte sie nicht enttäuscht werden.

Mein Zimmer lag im dritten und obersten Geschoss des Hotels. Der Aufzug war langsam und wenn ich nicht zulange in der Bar gewesen war so wie jetzt, nahm ich die Treppe. Ich war ja noch jung. Ich spurtete somit den ersten Treppenlauf hoch. Nach der 180°-Drehung auf dem Zwischenpodest um den Aufzug herum konnte ich durch die doppelflügelige Glastür auf den mit Teppich ausgelegten Flur sehen. In dem Augenblick, als ich die erste Stufe des nächsten Treppenlaufs nehmen wollte, kreuzten zwei weiß gewandete Menschen meinen Blick. Ich verharrte im Sprung nach oben.

Das waren Lahmann und Gertrud! In Bademänteln! Ich hatte die beiden genau erkannt. Ich ging in die Knie, um nur nicht in deren Blick zu geraten. Wo wollten die in Bademänteln hin? Bestimmt nicht zu einer Besprechung. Ich musste hinterher! Die beiden blieben stehen. Ich sah noch den Zipfel eines Bademantels. "Ja klar, die warten auf den Aufzug!", schoss es mir durch meinen regelmäßig unterforderten Geist. Das "Ping" des Aufzugs war zu hören. Nach wenigen Sekunden verschwand der weiße Zipfel. Die Luft war rein. Die letzten Stufen immer drei auf einmal nehmend, eilte ich durch die doppelflügelige Glastür.

Aufzüge waren von Spionen erfunden worden. Anders konnte das nicht sein. Warum sonst war die Anzeige oberhalb der Tür mit der Information, wo der Aufzug hinbewegt wurde, angebracht worden? Ich wartete kurz und die Infoanzeige verharrte mit dem

Buchstaben "K". Ich war natürlich auch schon mit dem Aufzug gefahren und wusste deshalb, dass das "K" für "Keller" stand. Im Keller befand sich der ausgezeichnete Wellness-Bereich, mit einer super Sauna und einem kleinen Pool.

"Der geht mit seiner Sekretärin in die Sauna!", flüsterte ich leise vor mich hin. Gut, selbst Boris Jelzin und Helmut Kohl gingen zusammen in die Sauna. Aber mein sonst zu prüde wirkender Chef? Das musste ich im Büro in Gronau loswerden. Doch dann würde es auch Gertrud erfahren! Also sollte ich das alles besser für mich behalten.

Wenn die zusammen in die Sauna gingen, dann konnte ich in Ruhe spionieren. Die gesuchte Gelegenheit war da. Ich ging den Flur runter zu deren Zimmer. Er nahm immer das Zimmer am Ende des Flures, zum Parkplatz raus. Nicht das Zimmer zur Seeseite. Das Zimmer davor miete er auch immer mit. "Das ist rein vorsorglich!", hatte er mir einmal erklärt. "Ich kann es nicht haben, wenn im Nebenzimmer Geräusche sind, und am See sind so viele Bäume, in denen Vögel sitzen, und die machen frühmorgens immer so einen Krach."

Die Zimmertür war verschlossen. War eigentlich klar gewesen. Vielleicht war die Balkontür seines Zimmers auf. In solchen Fällen war es üblich, von einem Balkon zum anderen zu steigen. Ich musste jetzt nur noch ein offenes Zimmer finden, durch das ich auf einen Balkon steigen könnte. Damit waren alle Zimmertüren auf der Seite zum Parkplatz abzusuchen.

Diesmal sollte mich nicht Fuzzylogik zum Ziel führen. Ich fasste also an die Tür des vorsorglich mitgemieteten Zimmers. Erfolg! Die Tür war offen. Ich trat ein. "Hallo, ich bin es! Der Hausmeister! Jemand da!", rief ich in das leere Zimmer. Keine Antwort. Auf dem Bett lagen Gertruds Kleidung, eine Jeans und diese komische bunte Bluse, sowie ein Blazer und ihre Handtasche. Auf dem Boden lag Unterwäsche.

Dann waren die unter dem Bademantel nackt! Mein Chef und Gertrud! Ich konnte es nicht fassen. Was machten die noch, außer zusammen in die Sauna zu gehen? Mir sollte es egal sein.

Ich musste nun über den Balkon klettern, die Tür war einen Spalt geöffnet und damit bestand die Hoffnung, dass die Tür auf dem anderen Balkon auch nicht verschlossen war. Erst jetzt realisierte ich, dass das Zimmer eine Verbindungstür hatte. Wenn die auf war!

Ich fasste an den messingfarbenen Drehknauf und drehte ihn mit mäßiger Kraft. Der Türriegel löste sich mit einem leisen Geräusch aus der Falle des Blendrahmens. Die Tür war auf, ich zog und konnte in das andere Zimmer sehen. Euphorisch losstürmen wollend, besann ich mich eines Besseren und sah mich genauer um. Nicht, dass ich in eine Falle lief. Behutsamkeit führte bestimmt sicherer zum Ziel. Lahmann hatte seine Kleidung ordentlich im Schrank abgelegt. Er benötigte tatsächlich einen Schrank, nicht so wie ich. Mir reichte ein Stuhl als Schrank. Wieder eine Sache, bei der wir völlig unterschiedlich waren. In dem offenen Schrank, die Türen hatte der Schreiner offenbar vergessen, stand unten ein Pilotenkoffer. Die beiden anderen standen etwas abseits neben dem kleinen Schreibtisch. Ich hatte sie gefunden!

Der im Schrank würde der wichtigere sein. Im Koffer waren drei Ordner, deren Rücken unleserlich beschriftet waren. Den ersten hatte ich schnell in der Hand und schlug ihn auf. Da waren nur leere Seiten drin. Sonst nichts. Die anderen zwei waren auch nur mit leeren Seiten gefüllt. Wer machte den so etwas, leere Papierseiten in Ordnern abheften? Lahmann war ein Freund der Illusion, der wollte nur, dass es wichtig aussah, wenn er mit drei vollen Aktenkoffern anreiste. Und ein Koffer ohne das Papier wäre zu leicht gewesen. Nur das konnte der Grund sein. Verrückt.

Ich kniete mich neben die anderen zwei Koffer. In dem ersten dieser beiden waren Pläne enthalten. Die Ordnerrücken waren ordentlich lesbar beschriftet, somit war es logisch, dass das, was außen draufstand, auch innen drin war.

Der letzte der drei Koffer sollte nun sein Geheimnis preisgeben. Und gleich als ich den Koffer öffnete, sah ich den Ordner, der das Bodengutachten enthalten musste. Ein roter Ordner mit der Aufschrift „Sonstiges". Warum sollte ein Ordner, der nur etwas enthielt, was nicht konkret zu zuordnen war, rot sein? Ein roter Ordner musste wichtige Dokumente enthalten. Einige nicht beschriftete Trennblätter gliederten. Damit musste ich Seite für Seite umblättern.

Meine Gedanken schweiften beim Blättern ab. Machte es eigentlich Sinn, dem Tod des Bodengutachters auf den Grund zu gehen? Dadurch würde er auch nicht wieder lebendig! Zweifel an meinem Handeln beschlichen mich. Sollte ich mein Wissen nicht besser dazu einsetzen, eine ordentliche Gehaltserhöhung herauszuschlagen? Dann könnte ich vielleicht noch ein paar Aktien oder ein Haus kaufen oder mein BAföG auf einen Schlag zurückzahlen. Alles sehr attraktive Vorstellungen. Doch auch wenn ich das wollte, so musste ich die Wahrheit herausfinden. Ich musste wissen, warum Kaul ermordet worden war. Das konnte nur mit dem Geheimnis im Bodengutachten zusammenhängen. Ich war mir sicher. Meine Gedanken wurden durch einen visuellen Reiz, der alle bioorganischen Rechenvorgänge meines Hirns stoppte, unterbrochen.

Da war es, das Bodengutachten! Blätternd hatte ich es freigelegt. „Bodengutachten Nr. 7" stand drauf. Es war eine Kopie. Das Logo war nicht wie bei den anderen bunt. Auf dem vor mir liegendem Deckblatt stand in der B2-Schrift meines Chefs: „Mit Otto und Berti im Adlon besprochen! Erledigt, wird nicht weiter beachtet!" Was war besprochen worden? Ich wollte es nun wissen. Die nächste Seite zeigte jedoch nicht mehr das Bodengutachten, sondern den

Architektenvertrag mit Franjo. Ich blätterte weiter. Nichts zu finden. Da war nur die eine Seite des Gutachtens, mit der handschriftlichen Notiz, enthalte.

„Scheiße!", kroch über meine Lippen. Mit der geäußerten Emotion drangen nicht nur meine eigenen Worte an meine Ohren. Auf dem Flur hörte ich Stimmen. Mein Geist mahnte: „Achtung, da kommt wer!" Eine hellere Stimme lachte, das war Gertrud! Gut, dass ihre Stimme so markant war. Die kamen schon zurück. Sollte so ein Saunagang nicht mindestens 15 Minuten dauern, anschließend die Ruhephase mindestens 30 Minuten?

Nach 80 Minuten Sauna musste sich die Haut eines Saunierenden wie die vom armen Herrn Kaul nach einer halben Nacht im warmen Beton anfühlen. Doch war das jetzt egal.

Ich musste hier weg. Den Ordner klappte ich eiligst zusammen und steckte ihn in den Koffer. Gleichzeitig sah ich mich um, wo war der Fluchtweg? Der Balkon, die Vorhänge waren etwas zugezogen. Vielleicht hatte ich dort Schutz. Ich sprang auf und flüchtete durch die Balkontür und zog diese mit Schwung zu, so dass der Türriegel wieder in der Falle einrastete. Mit einem Satz nach links machte ich mich hinter dem Vorhang unsichtbar. Auch die verblendete Wand bot Schutz. Ich ließ mich an dem 62 cm breiten Wandstück neben dem mit einem Sichtschutz versehenen Balkongeländer nieder. Mein Puls raste. Würden die mich gleich erwischen? Vermutlich nicht. Lahmann hatte es nicht so mit Frischluft. Pollen waren seine große Angst. Er machte nur auf Nordseeinseln Urlaub, da dort die Luft pollenfrei sein sollte. Das Pochen meines Herzens ließ nach. Ich konnte mich wieder auf die Geräusche konzentrieren, die aus dem Zimmer kamen.

„Jetzt ärgere dich nicht mehr. Das kann ja mal vorkommen, dass der Saunaofen nicht funktioniert!" Gertrud sprach sanft auf Lahrmann ein. „Ich hätte die Entspannung heute gut gebrauchen können, der ganze Ärger mit Otto wäre von mir abgefallen, zumindest für eine kurze Zeit." „Wenn es dir um Entspannung geht, so kann ich dir helfen!" Ich hörte einen Kuss, einen lauten Schmatzer. „Warte hier, ich rufe dich gleich!"

Was sollte nun kommen? Aus Gertruds Zimmer, dort war die Balkontür ja etwas geöffnet, hörte ich, wie der Schrank geöffnet, eine Tür geschlossen wurde und einige andere Geräusche der Geschäftigkeit.

„Willi, du darfst kommen!" Es war Gertrud, die Lahmann rief. Ich legte meine volle Konzentration auf meinen sensiblen, genauen und leistungsfähigen Hörsinn. Das, was jetzt kommen könnte, hatte vielleicht nichts mit dem Bodengutachten zu tun, doch wollte ich davon nichts verpassen. „Meine Güte, was sieht das scharf aus. Du bist ein richtiges Luder. Da kommen deine Dinger sehr gut zur Geltung." Was für eine Sprache Lahmann kannte, das hätte ich mir nie vorgestellt. „Sieh mal hier!" „Oh Gott, zeig mir, was du kannst!" „Leg dich aufs Bett! Den Bademantel brauchst du jetzt nicht." Gertrud hatte anscheinend einen Plan. „Nein, auf den Rücken!" Einen ganz genauen sogar, von dem Lahmanns Frau bestimmt nichts wusste. Eine Konzentration auf meinen Hörsinn war erneut notwendig. Es wurde nicht mehr gesprochen. Es hörte sich an als würde einer der beiden laut und mit Genuss ein Eis am Stiel lutschen, was machten die? Nun war es egal, jeder hatte ja Anspruch auf Privatsphäre, aber mein grad entstandener Drang zum Voyeurismus wollte befriedigt werden. Ich musste einen Blick wagen. Da mussten Bilder zu den Geräuschen. Ganz vorsichtig drehte ich mich hinter den schützenden 62 cm um, um mit geducktem Kopf auf die Knie zu kommen. Langsam schob ich meine Augen Richtung Balkongeländer und spähte über den Rand hinweg. Alle anderen Balkone waren leer. Ich war der einzige Spanner. „Oh, Gertrud, ja so ist es gut. Mach weiter!" Gut war hier noch lange nichts! Ich konnte noch nichts sehen. „Warte, jetzt bin ich auch dran!" Ich schob meinen Oberkörper über das Balkongeländer. Unten auf dem Parkplatz tat sich nichts, alles ruhig. Nichts zu sehen, der Vorhang weit zugezogen. „Willi, Willi, zeig mir, was deine Zunge kann! Tiefer, tiefer!" Ich beugte mich noch etwas weiter vor, da war ein Spalt zwischen den Vorhängen. In der sich nun bietenden Blickachse sah ich Gertrud, in einer schwarzen Ganzkörperstrumpfhose, mit Maschen so wie die eines engmaschigem Fischernetzes, die ihren Körper ganz umhüllte. Frei waren ihre Brüste. Sie saß auf Lahmanns Kopf. Lahmann und Gertrud hatten echten Sex und ich konnte es keinem erzählen! Ich richtete mich noch etwas auf, nur zwei Zentimeter, und konnte dann erkennen, was Lahmann mit seiner Zunge machte. Gertrud beugte sich nach vorne. Diese Bilder reichten mir, schnell zog ich mich wieder in meine schützende Ecke zurück. Die Dialoge der beiden waren nun nicht weiter von wichtigem Inhalt. Ich musste hier weg, das brachte nichts mehr. Nur wie wollte ich hier fliehen? Jetzt durch Lahmanns Zimmer? Gertrud saß auf dem Bett und konnte durch die Verbindungstür in sein Zimmer sehen, sobald sie ihren Kopf etwas anhob. Was bei den Bewegungen, die sie vermutlich machte, schnell vorkommen könnte. Ich musste warten, bis sie zum Essen gingen. Nebenan schien das Ende nah. Die „Ohs" und „Ahs" wurden immer lauter. Die beiden mussten eine andere Position eingenommen haben, denn mit vollem Mund spricht man nicht. Nach „Gertrud, Gertrud, Gertrud!" war es auf einmal still!

Nach einer Weile lachte Lahmann. „Warum lachst du?" „Ohne das vermaledeite Bodengutachten wärst du immer noch in Gronau und ich hätte dich niemals sooo kennengelernt. Ich hätte nicht gewusst, dass du mein Leben derart bereichern kannst, und auch nicht gewusst, was so im Bett möglich ist." „Da müssen wir der kleinen Wühlmaus ja richtig dankbar sein!"

Was war das denn? Ich hatte den Beweis, dass das Bodengutachten wichtig war. Warum sonst sollte ein Mann direkt nach dem Sex an seine Arbeit denken?

„Ja, das kannst du wohl sagen. Hättest du in das Ding nicht hineingesehen, wäre es in den Umlauf gekommen. Somit war es gut, dass du mich sofort angerufen hast und mir das Bodengutachten hier ins Hotel brachtest."

Dabei waren sich die beiden dann also nähergekommen. So wie es bei Chefs und Sekretärinnen manchmal üblich ist. Aber wo war das Bodengutachten?

Auf dem Parkplatz waren immer wieder mal Autos in Bewegung gewesen. Direkt unter meinem Versteck parkte ein großer Mercedes aus. Ich konnte unter dem Sichtschutzgeländer hindurchsehen. Ein alter luftgekühlter VW-Bus näherte sich dem Parkplatz. Das typische Motorengeräusch war unverkennbar. Und dann sah ich den Bus. Es war ein Campingbus mit einem Hochdach. Es war Helga! Sie parkte in der grad entstandenen Lücke! Was wollte die denn jetzt noch hier?

Das Dach des Busses war ganz nah unter dem Balkon, vielleicht einen halben Meter. Das war mein Fluchtweg! Zufälle, die das Leben schrieb. Ich lauschte, ob alles ruhig war. Niemand zu sehen und zu hören. Lediglich die Tür des Busses. Ich wartete noch etwas und sprang dann auf, sah mich nicht mehr um. Das Geländer war schnell überwunden. Auf der Außenseite hielt ich mich an den Geländerstangen fest und versuchte, einen Fuß auf das Dach zu bekommen. Das war doch etwas tiefer als ich geschätzt hatte. Da half nur springen. Ich könnte mir leicht etwas brechen. Vielleicht sollte ich doch besser warten, bis Lahmann und Gertrud zum Essen gingen. Doch wenn die nicht gingen, blieb ich hier die ganze Nacht sitzen oder ich wurde noch entdeckt. Ich hing hier am Geländer wie Spiderman an einer Wand. Ich musste mich entscheiden, jetzt grad war es ruhig. Nur Helga, die zum Eingang des Hotels strebte. Also sprang ich.

Mein Aufprall war deutlich zu hören und als ich mich vorsichtig umsah, sah ich in Helgas Augen. Sie hob die zur Faust geballte Hand, jedoch mit dem Handrücken zu mir. Das sollte nicht das sozialistische Freundschaftssymbol sein. Sie kam zu mir zurück. „Hey, was machst du denn da?" Ich legte den Zeigefinger an die Lippen. Sie zeigte mir ihrem Zeigefinger an ihre Stirn. Doch sagte sie nichts. Menschen, die im Osten aufgewachsen waren, hatten da vielleicht einen besonderen Sinn, da sie immer die Stasi im Nacken sitzen hatten und wussten, wann es besser war zu schweigen.

Der Bulli hatte am Heck eine Leiter. Ich kroch also möglichst schnell dorthin und ließ mich herab. Helga stand vor mir. „Du bist ja meschugge! Was machste auf menem Dach!?" „Nicht so laut, wenn dich noch jemand hört!" „Dett is nicht schlimm!" „Ich erklär dir alles, ehrlich" „Da oben ist doch Lahmanns Zimmer!" „Ich erkläre es dir. Sei jetzt leise! Was willst du denn hier?" „Ick habe hier einen Mietvertrag, der ist für ihn." Ihr Kopf ruckte nach oben. „Den soll ick ihm bringen. Is anscheinend wichtig. Und wir sollten reden. Aber nicht jetzt. Morgen im Container. Franke is nich da. Da stört uns keener!" „Ok!"

Donnerstag, 13.Juli

Abends war ich noch in der Bar gewesen. Lahmann und Gertrud saßen auch dort, sehr geschäftlich. Keiner konnte erkennen, dass diese beiden auch Körperflüssigkeiten austauschten. Sie hatten mich zu sich gebeten. Lahmann war ungewöhnlich still gewesen und hatte oft wie ein Honigkuchenpferd gegrinst. Ich hatte nur ein Bier getrunken. Immer wenn ich Gertrud ansah, sah ich sie in diesem Fischernetz und fragte mich, ob sie das noch unter ihrer züchtig hoch geschlossenen Bluse trug. Damit war kein ernsthaftes Gespräch möglich gewesen. Ich hatte mir dann den Gedanken mit dem Inhalt der Minibar aus dem Kopf getrieben.

Damit war ich pünktlich im Container gewesen. Ich war nun fest überzeugt, dass die Lösung zu Kauls Tod in dem Bodengutachten zu finden war. Da steht etwas drin, was keiner wissen darf. Nun musste ich einen anderen Menschen in meine Erkenntnisse einweihen. Helga war prädestiniert. Nach meinem Sprung auf ihren Bulli war ohnehin eine Erklärung notwendig. Ich musste sie direkt freundlich stimmen. Also kochte ich Kaffee. Es waren leider keine Filter mehr da, als nahm ich einen der alten, die vertrocknet und voller Prütt im Papierkorb lagen, und schüttelte den so gut es ging aus. Das war nachhaltige Verwendung von Rohstoffen. Meine ehemaligen Kommilitonen aus dem Abfallbereich wären stolz auf mich gewesen.

Helga öffnete die Tür, als die gurgelnden Geräusche der Kaffeemaschine verstummten. Sie hatte ihre blonden Haare zu einem Pferdeschwanz zusammengebunden und sah jünger aus als sonst. Das rote T-Shirt und die enge Jeans unterstrichen ihr jugendliches Aussehen. Sie sah unternehmungslustig aus. Vielleicht auch angriffslustig. Ich musste vorsichtig sein.

Sie nippte an dem Kaffee, den ich ihr direkt einschenkte. „Was is das denn für eine Lorke. Kannste ja nicht trinken." „Ich finde, der schmeckt."

„Hattest du denn noch Filter? Ick hab neue mitjebracht." Sie kramte in ihrer Tasche und holte eine Packung Papierfilter hervor. Ich verzichtete auf die Beantwortung der vermutlich rhetorischen Frage.

„Ick bin nun mal jespannt, was du mir zu erzählen hast! Haste Glück jehabt. Auf dem Dach is keene Beule."

„Na, das ist dann die letzte Stelle, die noch keine Beule hat." Ein kleiner Scherz konnte die Stimmung in einer Besprechung prima heben.

„Na, nu werd nich frech!" Sie sah mich mit leicht zusammengekniffenen Augen und gerunzelter Stirn an. „Also, ick höre."

„Nun, es ist so, dass ich nicht glaube, dass der Landstreicher für den Tod des Bodengutachters verantwortlich ist!"

„Du meinst den Kaul! Red nicht so jeschwollen!" Sie nippte am Kaffee und verzog den Mund und kniff ein Auge zu. Sollte der Kaffee wirklich so schlecht sein!

„Ja klar, haben wir noch mehr Tote?" Diese Haarspalterei ging mir auf den Nerv, nun war ich etwas ungehalten. „Man, überleg doch mal, der wusste doch gar nicht, was er gemacht hatte, und wie sollte der den Kaul ins Fundament bekommen und dann auch noch an der Stahlbetonbewehrung angebunden haben? Außerdem war der doch bestimmt sehr betrunken. Auch wenn er mal Maurer war. Das war nicht einer alleine und die kannten sich mit Stahlbeton aus." Ich nippte an meinen Kaffee, der schmeckte.

Sie sah mich eindringlich an und nickte leicht. „Interessant, was du da sagst. Ich hatte mich auch schon jefragt, wie der det jemacht hat. Aber warum soll der det zujejeben haben? Erzähl weiter."

„Der Type ist fertig, vielleicht suchte der auch ein neues Zuhause, was weiß ich? Ist auch egal. Es stellt sich die Frage: Wer war es dann und warum hat der oder die oder haben die den Kaul ermordet?"

Das war die Schlüsselfrage. Allein schon aus dramaturgischen Gründen musste ich hier eine Pause einlegen. Ich nahm einen großen Schluck Kaffee und rückte meinen Stuhl zurecht. Helga sah mich an und ihre rechte Hand fuhr, mit geöffneter Handfläche und Fingern in Greifposition, von unten nach oben. Eine deutliche Geste, meinen Vortrag fortzusetzen.

„Ich habe herausgefunden, dass in dem letzten Bodengutachten etwas steht, was für den Bau dieses Einkaufszentrum sehr schlimme Konsequenzen haben könnte. Als ich Kaul an seinem letzten Tag hier gesucht habe, sprach er etwas von PAK. Das ist …"

„Ick wees, wat det ist! Was steht denn im Jutachten?"

Potz, Blitz, die Dame kannte sich besser aus als ich.

„Genau weiß ich es noch nicht. Ich habe es in Gronau in unserem Büro gesucht. Da war es nicht. Bei Kaul im Büro war es auch nicht. Da war sogar die Festplatte von dem Computer, auf dem es gespeichert war, kaputt. Ist schon komisch. Also habe ich in dem Schrank dort danach gesucht. Da war es auch nicht. Somit musste es ja total wichtig sein und wenn etwas total wichtig ist, dann hat es Lahmann dabei. Also habe ich in seinem Koffer nachgesehen. Als ich dann von dort verschwunden bin, hast du mich überrascht."

„Und? Mach es nicht so spannend!"

„Da war nur die erste Seite. Auf der hatte Lahmann geschrieben: ‚mit Otto und Berti im Adlon besprochen! Erledigt, wird nicht weiter beachtet!' Sonst nichts"

„Det jebt et doch nich! Wenn hier tatsächlich PAKs sind oder noch etwas Schlimmeres! Wer weiß, was die Deppen von der NVA hier vergraben haben. Das könnte einen Umweltschaden heraufbeschwören, der gefährlich für die Bevölkerung wäre oder schon ist. Wir müssen der Sache auf den Grund gehen!" Ihr Berlinerisch hatte sie abgelegt und auf ihren Wangen und am Hals bildeten sich rote Flecken.

So hatte ich sie nur einmal erlebt, als ein Unternehmer ihr vorwarf, dass sie seine Rechnung nicht richtig geprüft hätte. Da war sie auch so aufgeregt und der arme Unternehmer hatte danach nicht mehr gewusst, wo ihm der Kopf stand. Zwei Tage später hatte er ihr eine Schachtel Weinbrandbohnen als kleine Entschuldigung vorbeigebracht. Helga war schon wieder versöhnt gewesen, so dass sie ihm nicht gesagt hatte, dass sie die Pralinen gar nicht mag. Franke und ich hatten die Schachtel zum Frühstück leer gemacht und mir war später schlecht geworden.

„Genau! Doch dann ist noch die Frage zu klären, wer den Kaul auf dem Gewissen hat. Du musst dir aber darüber im Klaren sein, dass das nicht gut für unser Arbeitszeugnis sein wird, wenn wir der Sache weiter nachgehen! Vermutlich werden wir dann anschließend ohne Arbeit sein!"

„Det ist nich schlimm, meine Fraktion will ohnehin, dass ich einen festen Posten übernehme. Dann muss ich mich nicht mehr entscheiden."

„Ich finde schon was Neues, ich bin noch jung!"

„Wat denne? Soll det heißen, dat ick nich mehr jung bin? Unverschämtheit!". Sie grinste mich an und knuffte ihren Ellbogen gegen meinen Arm.

„Also gut, wo könnte das Bodengutachten sein? Franke ist ja auch eingeweiht!"

„In seinem Penthouse in Berlin. Da hat er einige Akten. Ick habe die schon öfter jesehen."

„Du warst schon mal da!"

„Ja klar, ich sehe immer nach der Post und den Pflanzen, wenn er nicht da ist. Ich habe einen Schlüssel!"

„Franke ist bis Montag in Rom. Also ist das die Gelegenheit und wir haben Zeit."

„Aber nicht mehr heute, ich muss noch einige Rechnungen freigeben! Dienst is Dienst und Schnaps is Schnaps! Erst die Pflicht und dann die Kür!"

Es wäre mir lieber gewesen, sofort loszufahren. Doch kam es nun nicht mehr auf ein paar Stunden an. Wenn da Gifte im Boden lagen, so waren schon fast wieder alle überbaut. Einzig der zentrale Fluchttunnel war teilweise noch auf. Die Betonfertigteile hierfür waren nicht geliefert worden und es hatte andere, wichtigere Dinge als einen Fluchttunnel gegeben, der später im laufenden Betrieb eh mit Kartons und Müll vollgestellt wird. Mir fiel ein, dass die Parkplätze auch noch nicht fertig waren. Damit sollte erst in vier Wochen begonnen werden.

Ich beschloss, zukünftig nicht mehr so häufig an den gefährlichen Stellen entlangzugehen.

Corpus Delicti

Freitag, 14. Juli

Helga und ich hatten bislang einen ruhigen Tag gehabt. Unterschwellig spürte ich jedoch die Nervosität in mir, die der Abend wohl mit sich bringen würde. Wir hatten beschlossen, dass wir abends gemeinsam in Frankes Wohnung Blumen gießen wollten. Ich hatte mir zu diesem Zweck, der besseren Tarnung wegen, von einem Fliesenleger eine Gießkanne ausgeliehen. Wenn diese auch sehr dreckig war, so war die Tarnung perfekt. Zudem konnte ich auf dem Rückweg etwas darin transportieren. Das war der Plan.

„Mach hinne!" Helga stand vor mir. Ich hatte ein Zettelsammelsurium vor mir liegen, das die Massenermittlung zu einer Rechnung darstellen sollte. „So etwas sollte man zurückgeben!", murmelte ich vor mich hin. „Mach einfach glatt 55.000, dann is jut. Machen Franke und ich auch immer. Einfach großzügig abrunden."

Ich wollte ihr nun kein Vortrag über das Vorfinanzierungsrisiko des Auftragnehmers und sein Anspruch auf Zahlung des unbestrittenen Guthabens halten. Wir hatten größere Aufgaben. So schrieb ich 55.000 auf die Rechnung und strich die 62.567,90 des Unternehmers durch. Mit einem geschickten Wurf landete die Rechnung nicht dort, wo es geplant war, aber doch noch befriedigend auf Helgas Schreibtisch. „Fertig, die kannst du am Montag mit der Post zur HOG schicken."

Mit Helgas luftgekühltem, dröhnendem VW-Bus fuhren wir gemächlich nach Berlin rein. Helga blieb mit der Geschwindigkeit immer deutlich unter Trabbi-Niveau. Sie fuhr anders als ich nach Berlin rein. Wir zockelten gemächlich über ostdeutsche Alleen, die nur hoffen konnten, dass sie dem zukünftigen Verkehrsfluss ge-

wachsen waren und ihren reizvollen Charakter beibehalten konnten.

„Ich fahre immer über die Autobahn!" „Det ist en Schleichweg!"
Das war also die neue Definition für „Schleichweg".

Frankes Penthause lag in einer kleinen Siedlung exklusiver
Mehrfamilienhäuser am Rande eines neuen Industrieparks für In-
formations- und Kommunikationstechnologie. Ich hatte Helga gebeten, am Straßenrand zu parken, damit wir die Lage etwas beobachten konnten. Auf den großzügigen Parkplätzen standen neben wenigen beamtentypischen Fahrzeugen aus Wolfsburg meist
ältere Modelle bayrischer ober württembergischer Oberklasse, in
die junge erfolgreich aussehende Menschen ein- und ausstiegen.
Keiner schenkte dem Hippie-Bulli Aufmerksamkeit und das war
auch gut so. Die Menschen hier konzentrierten sich auf ihre Aufgaben. Auf den Parkplatz fuhr ein älterer Opel-Kadett. Ein Mann,
noch deutlich älter als der Kadett, stieg aus. Damit passte er nicht
in die Menge der üblichen Bewohner. Er sah auch nicht nach einem
Mitglied einer Schnittmenge der Bewohner aus. „Achtung, det is
der Hausmester", flüsterte Helga. Noch ehe der träge Blick des
Mannes den Bulli erreicht hatte, hatte ich Helga fest in die Arme
geschlossen und drückte ihr einen Kuss auf die geschlossen Lippen. Sie zuckte in meinen Armen und ihre Augen, die weit aufge-
rissen waren, signalisierten keine Begeisterung. Der Blick des
Mannes traf den Bulli und blieb an uns hängen. Ich klammerte fes-
ter, Helgas grüne Augen wurden noch größer und unter meinen
Lippen drangen „Mümpf, mümpf" und ähnliche Laute hervor. Ich
öffnete meinen Mund leicht, um ihre Lippen zu umschließen und
die Geräusche, die sich machte, einzudämmen. Doch nun zappelte
sie auch mit dem Kopf. Zwischen meinen unterschiedlichen Be-
obachungsblickwinkeln wechselnd, sah ich, wie sich der Blick des
Hausmeisters senkte und er langsam davon schlurfte. Ich ließ
Helga los.

„Wat soll der Scheiß!", fauchte sie mich an. „Du hast mich janz voll jesabbert! Is ja eklig."

Sie wischte sich mit einem wenig benutzten Papiertaschentuch, das auf dem Armaturenbrett gelegen hatte, den Mund ab.

„War nur wegen des Hausmeisters, damit der uns nicht sieht."

„Der is fast blind! Mach det nich noch mal! Man, wat bis du für en Spinner. Lass uns aussteijen! Ick will das Jutachten sehen."

Im Treppenhaus vor dem Aufzug stießen wir auf den Hausmeister. Helga ging in die Offensive: „Juten Tag, Herr Schalupke! Alles klar hier im Haus?"

Sie kannte sogar seinen Namen. Da hätte ich mir das mit dem Kuss tatsächlich sparen können. Anderseits hatte es sich auch nicht schlecht angefühlt, eine vielleicht 10 Jahre ältere Frau in den Armen zu halten. Ich sollte sie mal fragen, wie alt sie ist. Wobei ich mir die Antwort vorstellen konnte.

„Ach Sie sind es, Frau König." Er nahm die Brille ab und zwinkerte. „Was sagten Sie? Wollen Sie die Post prüfen? Wer ist der junge Mann denn?" Der Aufzug traf ein. Ich zupfte Helga am Arm. „Mach hinne, ich habe heute noch mehr vor!" Sie beachtete mich gar nicht. „Det ist meen Atze. Er hat es immer eilig. Die Jugend! So, nun noch en schönen Tag!"

Die Aufzugstür schloss sich. „Was bin ich? Dein Atze? Was ist das den? Ein Geliebter?" Sie stieß mich mit dem Zeigefinger vor die Brust und lachte mich an. „Na, der Kuss scheint dir jefallen zu haben. Ne, Atze kann guter Freund oder Bruder bedeuten."

Mit einem Ping hielt der Aufzug im letzten Geschoss an, somit konnten wir das Thema glücklicherweise nicht vertiefen. Wir traten auf einen offenen überdachten Innenhof. Helga ging zielstrebig zu der linken der beiden an den Hof grenzenden Türen und holte einen Schlüssel hervor.

„Du kennst dich hier aus! Wo hat er seine Akten?" „Keine Ahnung, ich komme sonst immer nur zum Blumengießen. Ich habe
nur schon mal welche in einem Karton gesehen. Franke hat die
Wohnung von einem Typen gemietet, der zwei Jahre in den USA
ist. Franke soll sie lebendig halten, doch da er nichts mit Pflanzen
am Hut hat, hat er mich gebeten, regelmäßig nach dem Grünzeug
zu sehen." Helga sprach hochdeutsch, es wurde nun ernst. „Wir
müssen uns umsehen! Wir fangen im Wohnzimmer an."

Zwischen den bodentiefen Fenstern waren weiße, auf Hoch-
glanz lackierte raumhohe Schränke ohne Griffe untergebracht. In
den Fensternischen standen große Grünpflanzen. „Ich beginne
links." Meine Schuhsohlen quietschten, als ich über den großfor-
matig schwarz-weiß gefliesten Boden ging. Ich dachte an die
Fuzzylogik, als ich bei dem ersten Schrank feststellte, dass er leer
war. Auch der zweite und der dritte waren leer. „Hier sind Akten!" Helga hatte etwas gefunden!

In vier alten Pappkartons, die in ihrem ursprünglichen Verwen-
dungszweck Kopierpapier beherbergt hatten, waren unterschiedlich hohe Papierstapel abgelegt. Die linke Ecke der Stapel hob sich
etwas höher heraus. Hier lagen vermutlich viele Büroklammern
übereinander, mit denen eine rudimentäre Ordnung aufrecht-
erhalten werden sollte. Die Kartons trugen keine von der ursprünglich aufgebrachten Beschriftung für das Kopierpapier ab-
weichende Hinweise, die auf den Inhalt hätten schließen lassen
können.

Das war also die Ordnung eines Gröbaz, wenn er allein gelassen
wurde. Ich war ja nun auch nicht der Typ, der eine ordentliche Ak-
tenordnung erfunden hatte. Ich lochte solche Unterlagen in aller
Regel und legte diese in Ordner. Damit konnte man zumindest
besser umblättern.

Nun mussten wir uns durch diese Papierstapel durcharbeiten.
„Ich nehme diesen!" Helga übernahm die Führung.

Ich nahm den ersten Karton und leerte ihn auf der gläsernen Tischplatte des Couchtisches aus, auf der einige Glasränder zu sehen waren. In dem weißen Ledersofa tief versinkend machte ich es mir bequem. Helga hatte ihren Karton auf einer schwarzen, großformatigen Fliese des Schachbrettfußbodens entleert und saß im Schneidersitz davor. Für eine, nach einer vorsichtigen Schätzung, fast 40-jährige Frau war sie noch ganz schön gelenkig.

Ich blätterte lustlos durch den Stapel. Da ich bei solchen Aktionen ohnehin erst immer ganz zum Schluss etwas fand, konnte ich genauso gut Helga allein suchen lassen. Neben dem Sofa standen auf dem Boden eine halb volle Flasche Johnnie Walker und zwei Gläser. Vermutlich die, die die Ränder auf dem Tisch hinterlassen hatten. Mit wem hatte Franke denn Whisky getrunken? Wobei die Frage unerheblich war. Weiter hinten konnte ich in die offene Küche sehen. Die sah völlig unbenutzt aus. Wie in einer Küchenausstellung. Einzig zwei leere Pizzakartons deuteten darauf hin, dass dort schon mal gegessen wurde. War ja auch klar, ein Gröbaz kochte bestimmt nicht.

Lustlos betrachte ich den Stapel Papiere. In der Mitte lugte die etwas dickere Kante einer transparenten Folie heraus. Das war ein Zeichen. Kaul hatte seine Gutachten auch immer mit so einer Folie bedeckt. Ich legte das Dokument frei.

„Ich habe es, Helga!" Ich sprang auf und wedelte mit den gehefteten Papieren in der Hand über meinem Kopf. Ich hatte mal als Erster etwas gefunden, das hätte ich nie gedacht.

„Lass sehen!" Ich gab ihr meinen Fund. Sie blätterte kurz, vermutlich, um sicherzustellen, dass es nicht nur ein Deckblatt war, das ich gefunden hatte. „Det jing aber schnell! Hätte ich nich jedacht. Jut jemacht, Adrian." Sie stand auf und kam auf mich zu. Sie streckte sich etwas und kam mir immer näher. „Den zu Belohnung!" Sie drückte mir einen Kuss auf die Wange. „Warum zur Belohnung?" „Na für eenen, der sich so für die Aufdeckung eines

Umweltskandals eensetzt, da jibt et eben eene Belohnung."

Ob die Aufdeckung eines Umweltskandals mein Antrieb war, wollte ich nun nicht mit ihr erörtern. Die Frage nach dem Warum keimte wieder in mir. Wenn ich das hier weiter durchziehen würde, dann wäre ich bestimmt bald arbeitslos und mein Arbeitszeugnis würde auch nicht so gut ausfallen. Nun hatte ich jedoch noch jemanden eingeweiht. Ich konnte nicht mehr zurück. Oder vielleicht doch noch? Diese Frage galt es jetzt zu klären.

„Sollen wir das Gutachten nun lesen? Wenn wir wissen, was drinsteht, haben wir eine Mitverantwortung und sind bestimmt bald arbeitslos. Was wird dann aus uns, Helga?"

„Na, da mach dir keine Sorjen. Wenn dette hier wirklich en Umweltskandal is, der schon en erstes Todesopfer jekostet hat, dann sind wir die Aufklärer. Du besonders. Meine Parteifreunde werden dir Türen öffnen. Also nun kieken wir uns dett an."

Ob Parteifreunde tatsächlich meine Rettung waren? Ich wusste es nicht, zumal ich für ihre politische Präferenz bislang noch keine Sympathien entwickelt hatte. Aber es war auch eigentlich egal. Über meine Zukunft hatte ich mir noch nie großartig Gedanken gemacht. Irgendwas würde bestimmt nach dieser Aktion kommen. Zur Not ging ich in den Öffentlichen Dienst. Da gab es in Münster genug Möglichkeiten, bei größeren Bauverwaltungen zu arbeiten. Meine Zweifel waren zerstreut, als wir uns auf dem Sofa niederließen, um den Inhalt des Gutachtens zu studieren.

Helga fing an zu blättern, das würde zu lange dauern. Ich musste ihr einen Tipp Lahmanns geben: „Halt, ein Gutachten musst du immer auf der letzten Seite beginnen. Dort steht meist eine Zusammenfassung und wenn die dein Interesse geweckt hat, gehst du ins Detail."

Die Zusammenfassung war bereits deutlich genug, da brauchte selbst jemand ohne den Sachverstand eines Bodengutachters keine weiteren Details.

Helga las laut vor: „Ohne eine fachgerechte Beseitigung des belasteten Bodens kommt es zu einer dauernden schleichenden Kontamination an der Bodenoberfläche. Damit wäre eine Erkrankung zumindest der Menschen, die sich häufig in diesem Bereich aufhalten, unumgänglich. Eine diffusionshemmende Oberflächenversiegelung würde die Oberflächenkontamination lediglich verzögern. Bereits jetzt ist es für die Bauarbeiter nicht ohne Risiko, Schaden zu nehmen. Eine sofortige Räumung und Sanierung des betreffenden Bereichs nach dem Schwarz-Weiß-Prinzip wird dringend angeraten."

Helga sah mich an. Ihr Mund war leicht geöffnet. So wie eben, als sie mir den Kuss gegeben hatte. Ob sie mich jetzt küssen wollte? Wohl eher nicht. Ich veränderte meine Sitzposition nicht.

„Dett jibt et nich! Wir werden hier verjiftet und Franke weess dett und unternimmt nischt. Deshalb schickt er auch immer dich zu den Arbeiten in diesem Bereich."

Sie starte mich wieder mit leicht geöffnetem Mund an, das drückte anscheinend ihre Fassungslosigkeit und nicht ihre Kussbereitschaft aus. Ich spürte auf einmal leichte Stiche in der linken Brust. Vielleicht war ich schon krank.

„Du hast recht! Franke geht tatsächlich kaum noch zu dem Bereich der Spiegelachse. Da schickt er immer mich hin. So ein Arsch!" Ich fasste an meine Brust, der Stich war wieder weg. „Ich glaube nicht, dass ich schon krank bin. Welche Krankheit kann man denn bekommen, wenn man sich dort häufiger aufhält? Das steht vielleicht auch in dem Gutachten."

Helga blätterte. „Da, 'Auswirkungen auf den Menschen'. PAK entfetten die Haut, führen zu Hautentzündungen und können Hornhautschädigungen hervorrufen sowie die Atemwege, Augen und den Verdauungstrakt reizen. Diese PAK sind beim Menschen eindeutig krebserzeugend (z. B. Lungen-, Kehlkopf-, Hautkrebs sowie Magen- und Darmkrebs bzw. Blasenkrebs). Die Möglichkeit

der Fruchtschädigung oder Beeinträchtigung der Fortpflanzungsfähigkeit besteht."

„Ist das ein Grund, einen Menschen umzubringen?"

„Warte, hier steht noch mehr! Die zusätzliche Dioxinbelastung,
die über den zulässigen Grenzwerten liegt, bedeutet eine weitere
zwingende sofortige Sanierungsnotwendigkeit."

Es folgten Tabellen mit chemischen Daten und hierzu weitere
Erläuterungen. In der Zeichnung, die den gesamten untersuchten
Ausschnitt zeigte, waren die untersuchten Stellen genau einge-
zeichnet.

Helga sah mich an. „Und nu, was machen wir nun? Jehen wir
zur Polizei? Ick könnte enen von meenen Parteifreunden anrufen,
der kennt sich da aus!"

Das mit den Parteifreunden fand ich nun nicht so ideal. Gerade
Helgas Partei war viel zu idealistisch. Hier war jedoch gesunder
Pragmatismus gefragt. Wir durften hier nicht einfach schwarz-
weiß sehen. Was Kaul wohl mit „Schwarz-Weiß-Prinzip" gemeint
hatte? Das musste ich noch hinterfragen.

„Nein, das hier ist nur ein Gutachten, ich möchte erst alle Beweise haben. Da steht viel zu viel auf dem Spiel. Wenn wir jetzt
vorschnell handeln, dann handeln wir fahrlässig. Zuerst brauchen
wir eine Kopie von dem Gutachten. So viele gibt es davon ja nicht
mehr. Wenn wir hier nur einen Kopierer hätten."

„En Kopierer hier? Ne, Franke weess ohnehin nich, wie so was
funktioniert. Er is doch Oberoberbauleiter!" Helga lachte mich an.
„Lass uns das Jutachten enfach mitnehmen. Das sucht er hier ohnehin nicht mehr. Wir machen dann eine Kopie davon und legen
die in die Akte, so wie es sein sollte. Wenn ick das nächste Mal hier
Blumen jieße, dann lege ich dett hier wieder zurück!"

Der Plan war gut, da dürfte nichts dabei sein und wenn im Container mal eine Akte vollständig war, so dürfte das kaum zum

Problem werden. Dann hatte Franke das Gutachten einfacher selber in die Akte gelegt. Ein guter Plan.

Sonntag, 16. Juli

Ich hatte mein Wochenende gestrichen. Susanne war nicht begeistert gewesen. Doch für die Wahrheit mussten persönliche Interessen zurücktreten.

Bereits am Samstag hatte ich mir überlegt, dass die im Gutachten bezeichneten Stellen zu untersuchen seien. Samstags waren jedoch noch viele Bauarbeiter beschäftigt gewesen. So hatte ich die Bereiche näher eingegrenzt und markiert. Auf dem noch nicht zurückgebauten Teil des asphaltierten Exerzierplatzes fand ich zwei der im Gutachten bezeichneten Entnahmestellen. Keiner der Arbeiter hatte mich gestört. Eine andere Probestelle fand ich auf einem Grünstreifen oder was davon übriggeblieben war. Mit dem Theodolit aus dem Container, ich hatte so ein Ding seit dem Studium nicht mehr in der Hand gehabt, versuchte ich, die übrigen Probestellen zu finden. Doch zeigte mir das Gerät meine Grenzen und erstmalig ärgerte ich mich, dass ich in Vermessungskunde nicht besser aufgepasst hatte, ich fand die anderen Stellen nicht.

Damit blieben an diesem Sonntag nur die drei Stellen. Ich hatte mir am Samstag noch Spitzhacke und Schaufel aus dem Werkzeugcontainer des Rohbauunternehmers ausgeborgt. Damit zog ich zur ersten Probeentnahmestelle auf dem Exerzierplatz.

Mit einer kräftig ausholenden, weit über dem Kopf liegenden kreisrunden Bewegung sauste die Spitze der Spitzhacke auf das Loch der Probeentnahmestelle zu. Leider hatte der Wind oder etwas anderes die vorgesehene Bahn der Spitzhacke abgefälscht. Die Spitze sauste ungebremst auf den Asphalt. Der plötzliche Widerstand durchzucke meine Arme, die hierauf nicht vorbereitet waren. Ich ließ den Hartholzstiel der Hacke fallen und schüttelte die schmerzende Arme. Auf dem Asphalt sah ich eine kleine Vertiefung im Durchmesser der Spitze, die dem Asphalt keinen großen Schaden zugefügt hatte. „Die NVA hat ja für 1000 Jahre gebaut, hätte ich nicht gedacht!", murmelte ich in die Stille der Baustelle. Hier kam ich mit der Spitzhacke und meiner Technik nicht weiter.

Die Stelle auf dem Grünstreifen würde nicht so hartnäckig sein, hoffte ich zumindest. Ich zog damit über mein persönliches Green ein Loch weiter und Schüppe und Hacke hinter mir her. Mein Handicap war wohl recht hoch. Aber ich wollte auch auf keinen Fall einlochen, das Auslochen war die Aufgabe.

Diesmal war ich vorsichtiger. Mit leichtem Schwung trieb ich die Spitze in den Boden. Diese durchbrach die sommertrockene Krume der Erde mühelos. Somit fasste ich neue Tatkraft. Die ursprüngliche Technik anwendend trieb ich nach drei Schlägen die Spitze bis zum Stiel ins Erdreich. Nun musste die Schüppe ran. Insgesamt war diese Buddelei, die ich sonst nur vom Zusehen auf den Baustellen kannte, nicht unangenehm. Bauarbeiter war auch eine Berufsalternative, vielleicht im Garten- und Landschaftsbau, als Gartenheinzelmann.

Mein Körper reagierte nach kurzer Zeit mit den üblichen Zeichen bei solchen Arbeiten. Ich transpirierte, der Schweiß lief mir von der Stirn, sammelte sich in meinen Augenbrauen und tropfte von dort zu Boden, mein Hemd klebte. Das mit dem Bauarbeiter sollte ich mir genau überlegen.

Mittlerweile hatte ich das Loch der Probeentnahme auf vielleicht 50 cm im Durchmesser und 50 cm Tiefe erweitert. Ich verbreiterte das Loch, um besser stehen zu können. Als ich mit meiner immer ausgereifteren Schlagtechnik ein anderes Geräusch des Eindringens in den Boden zurückbekam, war ich auf etwas gestoßen. Ich meinte, etwas Metallisches gehört zu haben. Es war bestimmt auf keine alte Bombe, dann hätte es vermutlich sofort gekracht. Vielleicht war das ein Fass mit dem Gift. Die gesundheitlichen Auswirkungen der hier herrschenden Bodenkontamination sprangen mir ins Gedächtnis, allen voran die Beeinträchtigung der Fortpflanzungsfähigkeit. Ich sprang aus dem Loch.

Doch musste ich weiterkommen. Also wieder rein ins Loch. Mit zwei, drei Schlägen erkannte ich den metallenen Gegenstand. Es war ein alter Stahlhelm, noch von vor 45. Die akute Gefahr war gebannt.

Nach einer weiteren Stunde hatte ich immer noch nichts Besonderes gefunden. Ich musste horizontal weitergraben. Wenn alte Wehrmachtshelme einen halben Meter unter der Erde lagen, konnten PAKs und Dioxine nicht tiefer liegen, so mutmaßte ich.

Nach einer weiteren Stunde hatte ich keine Kraft mehr. Ich war durchnässt, dreckig und meine Hände schmerzten. An zwei Stellen meiner Hände bildeten sich beachtliche Blasen. Ich musste aufgeben. Mit meinen Möglichkeiten kam ich nicht weiter. Hier musste schwereres Gerät ran. Ich brauchte einen Bagger. Doch der war hier nicht so leicht aufzutreiben. Der Erdbau für den Hochbau war fertig und mit den Außenanlagen war noch nicht begonnen worden.

Wer hatte hier sonntags einen Bagger, den er mir ausleihen konnte? Josef, bei dem man nicht wissen konnte, ob er nach Jesus' Ziehvater oder nach Josef Stalin benannt worden war? Auf letzteres deutete zumindest sein Schnurrbart hin. Er hatte bereits bei der Bergung von Kaul pragmatisch geholfen. Ich beschloss, ins Dorf zu fahren.

Zwei Stunden später war ich wieder auf der Baustelle, leider nicht mit der gewünschten Mannschaft. Die Kollegen hatten es sich in den Überresten des ehemaligen örtlichen Baukombinats mit Bier

und Grillwurst gemütlich gemacht und waren nicht mehr einsatz-
fähig. Doch hatten sie mir ihren Traktorbagger „EO-2621A" vom
Traktorenwerk "Roter Bagger" in Kiew mitgegeben, nachdem ich
ihre leere Trinkkasse großzügig aufgefüllt und zwei Schnäpse mit-
getrunken hatte. Der EO-2621A war ein 1971 geschaffenes Wun-
derwerk der sozialistischen Traktorentwicklung, so hatte mir Josef
höchstpersönlich versichert, und ich solle ihn ja pfleglich behandeln.

Dass mir die pflegliche Behandlung gelingen würde, daran hatte
ich keine Zweifel; das Ding sah aus, als würde es jeden Augenblick
auseinanderfallen. Josef hatte mich gefragt: „Können Sie so ein Gerät denn bedienen?" „Hätte mich Herr Franke denn sonst hier eingestellt?", hatte ich zurückgefragt und mit dem Hinweis auf den
allmächtigen Gröbaz hatte er mir den Schlüssel in die Hand gedrückt.

Gut, dass ich bereits in früher Jugend gelernt hatte, einen Tre-
cker zu fahren; so gab ich, als ich das Vehikel vom Hof steuerte,
beim Kuppeln reichlich Zwischengas und hob die Faust zum sozialistischen Gruß. Ich sah noch, wie Josef den Gruß erwiderte und
seine Lippen ein „Freundschaft" formulierten. Meine persönliche
Baustelle erreichte ich ohne Probleme.

Ich drehte den Sitz nach hinten in Baggerposition und hatte nun
eine Reihe von nicht beschrifteten Steuerhebeln vor mir. Es war
das erste Mal, dass ich auf einem Bagger saß. Somit musste ich
mich mit dem Gerät erst einmal vertraut machen.

Nach einer halben Stunde senkte ich den Tieflöffel in das von
mir bauseits vorbereitete Loch. Es gelang mir, den Inhalt des Löf-
fels seitlich zu lagern. So hatte ich das Loch nach 15 Minuten deutlich erweitert. Leider ohne den gewünschten Erfolg. Ich setzte den
Bagger um.

Mein Loch hatte nun bereits ca. vier Quadratmeter und war unterschiedlich tief. Ob ich noch etwas finden würde, musste ich

langsam bezweifeln. Ich zog den Löffel noch ein letztes Mal durch den Boden und fand erneut etwas Metallisches. Ich sprang vom Bagger und nahm die Schaufel zur Hand. Nun musste es mit Handschachtung weitergehen. Es war ein Metallfass, sehr rostig. Auf dem Deckel stand, kaum noch zu lesen: „Hoffmann-La…".

Hatte es da nicht mal eine Firma mit einem ähnlichen Namen, die etwas mit Metallfässern zu tun hatten, gegeben? Die plakativen Überschriften der Blödzeitung liefen vor meinem inneren Auge her.

Da hatte es, so glaubte ich mich erinnern zu können, beim Seveso-Dioxin-Giftmüll-Skandal eine Firma gegeben, die einen ähnlichen Namen hatte und bei denen auch Metallfässer das Corpus Delicti gewesen waren. Ich musste sofort aufhören. Wenn ich das Fass noch beschädigen sollte, wurde ich bestimmt sofort durch das Dioxin vergiftet. Ich schwang mich auf den Bagger und machte das für mich einzig richtige: Ich schüttete mein Loch wieder zu!

Hier stank es zum Himmel. Sollte ich mit meinen Erkenntnissen an die Öffentlichkeit oder zur Polizei? Bei beiden war ich mir nicht sicher, ob es der richtige Weg war. Oder sollte ich von der HOG und Lahrmann verlangen, dass dieser Mist beseitigt würde? Doch dann würden die wissen, dass mir klar ist, wer der Mörder von Kaul ist. Oder besser, wer den Mord veranlasst hat. Denn keiner von denen würde mir die wirkliche Wahrheit sagen. Zudem musste ich damit rechnen, dass ich dann bestimmt auch bald tot wäre.

Montag, 17.Juli

Franke war noch nicht im Container aufgetaucht, somit rief ich einen Freund an, der irgendetwas mit Umweltschutz studierte. Der könnte mir bestimmt sagen, was ich da gefunden hatte und was in dem Fass war.

„Morgen Ulf, kannst du mir in einer Sache mit giftigen Fässern helfen?". Es hatte lange gedauert, bis er am Telefon war. Vermutlich hatte ich ihn aus dem Bett geklingelt.

„Man, Alter, ich bin erst seit fünf Stunden im Bett. Du spinnst wohl, mich so früh anzurufen! Habt ihr Werktätigen keine Ahnung, wann man bei einem Studenten anruft?"

Was zu erwarten gewesen war. Ich ging nicht auf die Frage ein. Mein ehemaliger Mitbewohner konnte sich noch nicht vom Studentenleben lösen und machte grad sein drittes Diplom.

„Es ist wichtig! Du musst dich kurz konzentrieren! Mach mir den Erklärbär!"

„Arsch! Schieß los!"

„Ich habe bei Tiefbauarbeiten Fässer gefunden. Da steht ‚Hoffman-La…' drauf. Der Inhalt könnte PAK oder Dioxine sein."

„PAK sind natürlicher Bestandteil von Kohle und Erdöl. Der bei der Verkokung von Steinkohle anfallende Teer enthält hohe Anteile an PAK. Daher ist seine Verwendung im Straßenbau und z. B. als Dachpappe seit 1970 verboten. Mit Steinkohleteer behandelte Produkte, z. B. teergebundener Asphalt aus der Zeit vor 1970, Teerpappe oder Teerimprägnierungen für Telegrafenmasten oder Eisenbahnschwellen, enthalten daher viel PAK. Es ist nicht anzunehmen, dass PAK in Fässern in deinem Boden liegt. Meist liegt es im Boden in gelöster Form vor. Es könnten daher Dioxine sein. Dioxin ist ein allgemeinerer Sprachgebrauch für bestimmte Umweltgifte. Das kann vieles sein. Im Zusammenhang mit der Deckelbeschriftung fällt mir das Seveso-Unglück ein. Das war ein Chemieunfall, der sich im Juli 1976 in der chemischen Fabrik Icmesa im italienischen Meda, 20 Kilometer nördlich von Mailand, ereignete. Icmesa war ein Tochterunternehmen von Givaudan, das wiederum eine Tochter von Roche war. Das Firmengelände berührte das Gebiet von vier Gemeinden, unter ihnen Seveso, das Namensgeber des Unglücks wurde. Dabei wurde eine unbekannte Menge des hochgiftigen Dioxins freigesetzt. Im Sommer 82 wurden die letzten hochgiftigen Reste in 41 Stahlfässer gefüllt. Diese Fässer verschwanden dann und wurden erst im Mai 83 in Frankreich wiedergefunden. Von dort wurden die Fässer in die Schweiz geschafft und verbrannt. So die offizielle Version. Vor ungefähr zwei Jahren behauptete ein Zeitungsfuzzi, dass die Fässer nicht verbrannt worden seien, sondern in Meck-Pom oder Brandenburg endgültig verbuddelt wurden. Bislang sind jedoch nirgendwo Fässer aufgetaucht."

Wenn der Mann einmal loslegte, war er kaum zu bremsen.

„Danke Ulf, habe verstanden!"

„Warte, ich bin noch nicht fertig! Angeblich wurde das Dioxin extra für militärische Zwecke hergestellt, als Grundstoff für das im Vietnamkrieg eingesetzte Entlaubungsmittel Agent Orange. Aber das ist ja alles nichts Unbekanntes. Stand ja immer wieder in der Zeitung. Wo bis du denn jetzt eigentlich?"

„Auf einer ehemaligen NVA-Kaserne in Brandenburg!"

„Mann, Alter, wenn an dem Gerücht was dran ist, solltest du dir vielleicht einen Schutzanzug besorgen oder verschwinden!"

Mir war ja bereits klar gewesen, dass das hier ein Problem war. Aber ein solch großes? Und dass ich in unmittelbarer großer Gefahr war, hätte ich nie so vermutete. Mir wurde ganz mulmig.

„Ach eins noch. Was bedeutet bei der Altlastensanierung ‚Schwarz-Weiß-Prinzip'?"

„Na, ganz einfach der schwarze Bereich ist der kontaminierte Bereich und der wird hermetisch vom sauberen Bereich getrennt. Die Baustellenlogistik erfolgt über Schleusen, die sicherstellen sollen, dass nichts vom Müll nach außen kommt. Noch was?"

„Danke Ulf, du hast einen gut bei mir!" Ich legte auf.

Die Tür flog auf und der Gröbaz erschien. „Morgen Beermann, alles klar hier? Mann, du bist ja ganz blass! Am Wochenende wieder maßlos gesoffen? Komm, mach uns noch einen Kaffee, dann geht es dir gleich wieder besser. Ist der Trockenbauer heute gekommen?"

„Ich weiß noch nicht! War noch nicht dort."

„Dann aber mal flott, was machst du denn die ganze Zeit? Keinen Kaffee gekocht und noch nicht nach unseren Problemfirmen geschaut! Von dem haben wir noch eine Rechnung über eine Woche Stillstand liegen! Da muss ich wissen, ob der wieder da ist! Wo sind deine 110%?"

Ich war unfähig, etwas zu sagen. Mir war übel. Vermutlich war ich bereits total kontaminiert. Aber ich musste mich jetzt zusammenreißen und durfte gegenüber Franke nicht emotional werden. Ich musste logisch vorgehen. Insofern würde es nicht schaden, wenn ich erst mal Kaffee kochte.

Bei meinem anschließenden Baustellenkontrollgang traf ich den sauerländischen Polier der Frankfurter Elektrofirma. Er hatte immer einen Flachmann dabei und mir schon mehrmals einen Schluck angeboten. Bislang hatte ich immer darauf verzichtet.

„Matthias, wenn du mir heute einen anbietest, dann sage ich nicht nein!" Seine Augen leuchteten und er zog seinen Flachmann aus dem Blaumann. Ich nahm einen großen Schluck. Wohlige Wärme breitete sich in meinem Magen aus und ich fühlte, wie es mir besserging. Heinz Erhard hätte mir mein Handeln bestätigt. Somit nahm ich noch einen Schluck.

Auf einem Stapel Dämmstoffmatten machte ich es mir bequem. Wie sollte ich Franke dazu bringen, mir etwas Vertrauliches anzuvertrauen? Wenn ich ihm sagen würde, dass ich in seiner Wohnung herumgeschnüffelt hatte, würde das nicht unbedingt als vertrauensbildende Maßnahme gewertet werden. Hier konnte nur eine wilde Geschichte helfen. Meine Mundwinkel verzogen sich nach oben, ich würde gleich mit ihm sprechen.

Franke telefonierte, als ich in den Container kam, er verhandelte einen Nachtrag und gab in Vollendung den Gröbaz. Nachdem er nach einiger Zeit fast schon schrie, knallte er den Hörer auf.

„So ein Arsch, der kommt mir nicht mehr auf die Baustelle, Beermann, hast du verstanden! Dem kündige ich. Helga soll gleich, wenn Sie da ist, die Kündigung schreiben! Wo ist die Dame überhaupt?"

„Vielleicht sollten wir das in Ruhe besprechen, der wurde doch mit der letzten Abschlagsrechnung überzahlt. Da hatte die HOG doch versehentlich zwei Überweisungen vorgenommen. Und Helga hat doch zwei Tage Urlaub, wegen ihres Parteitages."

„So, so! Und ist der Trockenbauer da?" „Jepp, mit 7 Mann, die sind schon sehr fleißig und kommen gut voran. Am Mittwoch wollen die den Abschnitt fertig haben."

„Das ist ja mal eine gute Nachricht!"

„Ich habe da vielleicht noch eine schlechte Nachricht!"

„Was, wer ist nicht auf der Baustelle?"

„Ne, hat nur indirekt etwas mit der Baustelle zu tun. Ich habe mir gestern eine Übungsstunde mit einem Bagger gegönnt."

„Was hast du? Eine Übungsstunde mit einem Bagger!"

„Ja, wieso nicht? Das wollte ich immer schon mal machen, bereits als kleiner Junge. Können Sie einen Bagger fahren?"

„Ne, ich werde aber auch nicht fürs Baggerfahren bezahlt!"

„Na wenn schon, ich wollte das immer mal lernen und gestern traf ich Josef, der von der Bau-LPG. Die hatten alle einen im Tee und da habe ich mir einen alten Traktorbagger ausgeliehen."

„Und was hast du damit gemacht? Ich hoffe, dass du nichts kaputt gemacht hast."

„Nein, keine Sorge. Da vor dem Hauptportal soll doch der breite Grünstreifen angelegt werden. Da habe ich die Erde etwas umgegraben!"

„Beermann, du spinnst! Hat es denn Spaß gemacht!"

„Na ja, ich habe was gefunden!" Hatte er mich die ganze Zeit mitleidig belächelt, so wurden seine Augen jetzt ganz groß.

„Haste eine Kiste mit Ostmark gefunden!"

„Nein ein Fass! Und in dem ist nichts Gutes drin. Zumindest glaube ich das. Da steht ein Firmenname drauf, der auf eine sehr giftige Substanz hinweist. Ich glaube, dass da Dioxin drin ist, so ein Zeug wie damals in Seveso. Kennen Sie das?"

„Natürlich kenne ich das! Aber das glaube ich nicht. Zeig mir das Fass."

„Ich habe es wieder zugeschüttet, damit es nicht gesehen wird!"

„Man, Beermann, du bist doch eine Pfeife und ein Genie in einem. Da haste gut mitgedacht. Muss ja nicht jeder wissen, dass da Fässer liegen!"

„Nicht Fässer, sondern ein Fass. Meinen Sie, dass da noch mehr ist? Wir dürfen das nicht unter den Tisch kehren, das ist total gefährlich für die Umwelt."

„Ich telefoniere gleich mal und lass das Fass abholen, damit es untersucht wird. Oder ist das Fass kaputt?"

„Ne, ich habe nichts gesehen. Aber das Zeug diffundiert bestimmt durch die Dichtungen oder so."

„Na, ich kümmere mich jetzt. Du musst heute noch zur Kreisbehörde und dort die letzte Änderung zur Baugenehmigung abholen. Kannst mit meinem Auto fahren." Er warf mir den Autoschlüssel zu.

Na, so doof war ich ja nun auch nicht. Der wollte mich loswerden, vermutlich, um sich mit Lahmann zu besprechen. Doch das würde ihm nichts nützen. Das Fass war da, eine klares Corpus Delicti.

Ich holte aus dem BMW alles raus, was die Münchener Ingenieure für eine rasende Fahrt vorgesehen hatten. Die Bäume der schmalen Betonplattenalleen flogen an mir vorbei. Nur mit Mühe behielt der

Wagen auf dem Kopfsteinpflaster in den kleinen Ortschaften, die ich durchfuhr, die Bodenhaftung.

Bei der zuständigen Kreisbehörde des Landkreises Potsdam-Mittelmark drückte die dienstbeflissene Mitarbeiterin Frau Munack ihr Unverständnis darüber aus, dass ich denn unbedingt heute die Unterlagen abholen wollte; es sei doch besprochen worden, dass die Unterlagen in der nächsten Woche direkt mit der Post nach Gronau gesandt werden sollten. Sie kanzelte mich ab wie einen kleinen Schuljungen. Ich entschuldigte mich damit, dass eine kurzfristige Besprechung anberaumt worden war, und erhielt die Unterlagen.

Die ganze Aktion dauerte eineinhalb Stunden. Der Rückweg verlief ebenso wie die Hinfahrt ohne Zwischenfälle. Ich verzichtete sogar auf den bei solchen Gelegenheiten üblichen Kaffee und die Zigarettenpause.

Als ich wieder auf der Baustelle eintraf, sah ich Josef mit seinem alten klapperigen LPG-LKW von der Baustelle fahren. Der Diesel des LKW dröhnte in den Innenraum des BMW. Er winkte mir fröhlich zu.

Franke winkte mir auch zu. Was für eine Winkerei! Er stand zwischen den Containern und dem Fundort der Fässer. Ich interpretierte sein Winken nun als ein „Komm her!". Mit dem BMW zügig über die staubige Baustraße fahrend hatte ich ihn schnell erreicht. Ein obligatorischer Anpfiff, dass ich sein Auto zugestaubt hatte, war nun bestimmt fällig. Doch nichts dergleichen empfing mich, als sich die Tür des Autos aus der Verriegelung des Schlosses löste. Nur das übliche Grundrauschen der nahen Autobahn drang in meine Ohren. Er war anscheinend ganz entspannt. „Man, Beermann, das haben Sie gut gemacht!"

Franke lobte mich! Ein Gröbaz lobt nicht, da war was faul. Hatte sich die Munack über mich beschwert oder was war schon wieder los? Vorsichtig stieg ich aus dem Auto aus.

„Was denn? Die Unterlagen abholen kann jeder", erwiderte ich kurz angebunden.

„Aber gefährliche Fässer finden und dann auch noch die Ruhe bewahren. Da hätte manch einer die Nerven verloren!"

„Was, haben Sie sich das Fass angesehen!?"

„Ja und noch mehr! Der Josef hat es ausgegraben. Und auf dem Fass stand dann auch, was da drin ist! Sehr gefährlich! Wenn sich das ins Erdreich ergossen hätte, hätten wir eine Riesensauerei gehabt. Hoch konzentrierte Natronlauge. Gut, dass Sie das gefunden haben."

„Und wo ist das Fass jetzt?"

„Josef bringt es zur Sondermülldeponie nach Wildau. Ich habe die schon angerufen. Die sind dort auf so etwas spezialisiert."

Sollte ich ihm glauben? Franke verdrehte die Wahrheit regelmäßig so, dass er mit seinen Plänen gut dastand. Wenn er jedoch die Wahrheit sagte, dann war ich nicht kontaminiert und auch die akute Gefahr hier vor Ort war gebannt. Es war leichter, ihm zu glauben, und damit wäre ich nicht mehr in Gefahr. Ich wollte es glauben. Auch wenn Kaul etwas anderes behauptet hatte.

„Na dann ist ja alles gut! Und mehr Fässer lagen nicht dort?"

„Wir haben nicht mehr gefunden. Ach hier, denn soll ich Ihnen noch geben, für Ihre Aufmerksamkeit. Von Lahmann. Er ist sehr zufrieden mit ihren 110%." Franke drückte mir einen Hunderter in die Hand und grinste. „Ist steuerfrei!" Er schlug mir auf die Schulter. Ich zuckte zusammen.

„Nicht auszumalen, Beermann, wenn wir hier einen Umwelt-Skandal hätten, dann gäb das nichts mit der Eröffnung am 01.12. und Lahmann und die OHG könnten den Laden dichtmachen."

„Wie kommen Sie jetzt auf einen Umweltskandal? War doch nur ein blödes Fass! Da hätten wir den Boden ausgetauscht und schon wäre alles gut gewesen."

„Na, ich meine auch nur, wenn da etwas richtig Gefährliches drin gewesen wäre, dann hätten wir einen Skandal gehabt."

Hier war noch nicht alles klar. War das Fass vielleicht auch harmlos, so durfte ich mein Ziel nicht aus den Augen verlieren. Mein Ziel war die Aufklärung des Mordes. Wenn hierbei herauskommen würde, dass es einen Umweltskandal gibt, dann war das nicht mein Problem. Ich durfte Franke jetzt nicht misstrauisch machen. Sollte er ruhig glauben, dass ich dachte, alles sei in Ordnung.

Dienstag, 18.Juli

„Wie sollen denn die Fugenstöße hier dicht bleiben? Die sind ja voller Kies." Ich sah dem weißrussischen Bauarbeiter in seine teilnahmslos wirkenden grauen Augen. Er zuckte lediglich mit den Schultern. „Gleich kommt Chef!" Das waren die einzigen Worte, die er auf Deutsch konnte. „Chef hier hinkommen!", mit dem Zeigefinger wies ich in Richtung Boden. Unsere Stimmen halten in dem Fluchttunnel leicht nach.

Ursprünglich sollten die Fluchttunnel in klassischer Ortbetonbauweise angelegt werden. Doch aus Zeitgründen hatten wir nun Kastenrohre, die eigentlich für großzügige unterirdische Regenentwässerungen, die für einmal in 100 Jahren vorkommende Regenmengen dimensioniert waren, eingesetzt. Die zuständige Bauaufsicht, insbesondere Frau Munack, war erst nicht bereit gewesen, diesem unkonventionellen Vorschlag zu folgen, doch war es Lahmann gelungen, sie umzustimmen. Mittlerweile war mir klar, wie er das gemacht hatte! Der Notfonds der HOG bewirkte manchmal Wunder. Wir hatten nur garantieren müssen, dass in die Fluchttunnel kein Wasser eindringen konnte. Und wenn nun in den Verbindungsstößen Kies und kein Fugenmörtel war, dann konnten wir am Anfang des Tunnels Schlauchboote aufstellen. Also musste hier sorgfältig gearbeitet werden, zumal bereits damit begonnen worden war, den Fluchttunnel mit Sand zu bedecken. In der nächsten Woche würde die Mecklenburger Heinzelmännchen damit beginnen, die Parkplätze zu bauen.

Also blieb mir nichts Anderes übrig, als den dunklen Tunnel abzuschreiten und jeden Kastenröhrenstoß genau zu untersuchen. Leider hatten wir keine funktionierende Taschenlampe. Damit musste ich in dem immer spärlicheren Restlicht meinen Kontrollgang durchführen. Am Anfang des Tunnels, an der Treppe, die später einmal die Flüchtenden in den Tunnel bringen sollte, drehte ich mich um. Das waren bestimmt schon 50 Meter bis zum Ausgang. Durch eine kleine Biegung sah ich das Licht des Ausgangs nicht mehr vollständig. Einzig ein Lichtschimmer war noch zu erahnen. Ich war mir eigentlich sicher gewesen, dass der Tunnel schnurgrade sein sollte. Aber Hauptsache, die Leute konnten im Fall der Fälle flüchten. Die Funktionstauglichkeit des Tunnels wurde nicht durch die Krümmung beeinträchtigt. Damit lag kein wesentlicher Mangel vor. Mit dem Lichtschimmer ließ auch die Beklemmung nach, die mit jedem Schritt in den Tunnel größer geworden war. Die Geräusche der Umgebung wurden verschluckt. Es war sehr still. Ich leuchtete jede Fuge ab. Hier stieg das Grundwasser bis auf maximal 1 Meter über Oberkante Sohle, damit war es sinnvoll, wenn der Fluchttunnel bis zu dieser Marke dicht war.

Ich arbeitete mich langsam voran und konnte nur feststellen, dass die Leistung des Unternehmers noch nicht einmal im Ansatz im Wesentlichen mängelfrei war. Das hier war ein Regenwasserkanal und mehr nicht.

Mit dem Fortschritt der Kontrollarbeiten, die mich weiter zum Ausgang führten, sah ich nicht nur mehr, auch die Umgebungsgeräusche drangen wieder zu mir. Im vorletzten Tunnelsegment hörte ich, neben dem Grundrauschen der Autobahn, Stimmen, eine Frau und einen Mann. Die einzigen Frauen auf dieser Baustelle waren Helga, die im Urlaub war, und Frau Wolski-Zeizig.

„… noch vier Röhren und der Tunnel ist fertig. In der nächsten Woche wird mit dem Parkplatz begonnen. Es geht gut voran, Frau Wolski-Zeizig, Sie müssen sich da keine Sorgen machen."

Das war Lahmann, seine charakteristische Stimme erkannte ich sofort. Er war auf Beruhigungstour, das machte er regelmäßig mit VIPs. Meist gelang es ihm. Er war geschickt im Beruhigen. Ich wusste das aus eigener Erfahrung. Er hatte da etwas Diabolisches.

„Das sagen Sie so, Herr Lahmann, meine Fraktion ist sehr nervös, Sie wissen, dass die Kollegin und fast jeder der Kollegen Geld in dieses Center gesteckt haben. Wenn das schiefgeht, dann steht auch meine Partei schief da! Und dann rutsche ich über die schiefe Ebene in den Abgrund! Angela wird mich da noch reinschubsen. Es darf hier keine Störungen mehr geben!"

„Ich kann Ihnen versichern, dass ich alles im Griff habe. Und solche Dinge wie dieses völlig falsche Bodengutachten eines übereifrigen Sachverständigen regelt sich von selbst!"

„Na, von selbst will ich nicht sagen. Wenn mein Mitarbeiter Herr Molotow nicht in Gronau die letzten Beweise vernichtet hätte, was wäre dann gewesen?"

„Nicht zu vergessen, dass Ihr Mitarbeiter nicht nur das Gutachten beseitigt hat."

„Was wollen Sie damit sagen, Herr Lahmann!", zischte die Dame. Ich kroch im Schatten der Wände weiter nach vorne, um auch diese nun leiser werdende Unterhaltung verstehen zu können.

„Nun, wenn Sie Ihren Mitarbeiter nach unserer Sitzung nicht angewiesen hätten, das Problem zu beseitigen, hätten wir nun bestimmt schon eine Bauruine."

„Mein lieber Herr Lahmann, ich will eins klarstellen: Sergej hat die schriftlichen Beweise für den Mist, den diese Ossis hier verbuddelt haben, beseitigt, aber mit dem Mord hat er nichts zu tun."

„Ich will es Ihnen glauben, Frau Ministerin!"

„Dann ist ja gut! Was ist denn nun mit dem neuen Gutachten? Sie versprachen doch, dass Sie das bald vorliegen haben."

„Das ist in Arbeit. Ich habe da einen Sachverständigen aus Emden, der hat mir schon öfter ein Gutachten geschrieben, das macht er nun auch und dann ist alles ok! Ich habe ihm die Bodenproben nach Emden geliefert."

„Frau Wolski-Zeizig!", rief jemand. Die Stimme kannte ich, das musste Molotow sein. „Wir müssen los! Die Sitzung beginnt pünktlich."

„Ich komme, Sergej! Wir sind ja auch einig, Herr Lahmann! Eröffnung am 01. Dezember."

„Machen Sie sich keine Sorgen! Sie haben ja gesehen, wie professionell solch dumme Zufälle wie der mit dem Fass geregelt werden."

Die Stimmen entfernten sich. Ich blieb noch ein Augenblick im Tunnel. Die Fugen hatte ich vergessen. Die waren nun auch nicht mehr wichtig. Ich hatte hier ein Geständnis gehört, Diebstahl, Einbruch, Umweltbetrug und was sonst noch. Nur der Mord, der war nicht gestanden wurden. „Scheiße!", fluchte ich vor mich hin.

Ich stieg aus der Grube und folgte den feinen Herrschaften, die ihre Spuren im Sand hinterließen. Und da war er wieder, der Abdruck mit der Schlange. Schuhgröße 46, so wie meine Schuhe. Also nicht Lahmann, der scherzte immer, dass er nicht auf großem Fuß leben würde. Und die Dame schloss ich von vornherein aus. Zudem waren die Abdrücke ihrer Schühchen auch gut zu erkennen. Damit konnten es nur Molotows Schuhe sein. Molotow war in der Tatnacht am Fundament gewesen und hatte dort seinen Fußabdruck hinterlassen. Also hatte die Wolski-Zeizig doch etwas mit dem Mord zu tun. Molotow hätte die Tat nicht aus eigenem Antrieb begangen, was für ein Motiv hätte er auch haben können. Die Wolski-Zeizig hatte Kaul beseitigen lassen, ohne dass Lahmann etwas davon wusste! Warum hätte er sonst solche Fragen stellen sollen? Er musste unschuldig sein. Ich musste nun Molotow und Wolski-Zeizig überführen. Die Polizei würde bei Wolski-Zeizig nicht weiterkommen. Die besaß als MdB politische Immunität. Ich war froh, dass Lahmann wegen des Mordes entlastet war. Irgendwie mochte ich ihn. Vielleicht könnte ich am Ende doch noch weiter bei ihm arbeiten.

Ich kannte nun die Wahrheit, aber wie sollte ich die beweisen?

Mittwoch, 19. Juli

Ich hatte schlecht geschlafen, etwas, was ich nicht kannte. In meinem Geist waren meine Ermittlungserkenntnisse im Kreis gelaufen. Als dann der Morgen graute, hatte es mich auch schon aus dem Bett getrieben. Ich musste mich entscheiden, was ich wollte und was notwendig war.

Ich wollte kein Held sein. Das war mir in erster Linie klar. Sicherlich, Helden kommt oftmals Anerkennung zu. Doch in diesem Fall musste ich vom Gegenteiligen ausgehen. Mein bisheriger Antrieb in der Sache „Tod eines Bodengutachters" war Neugierde gewesen. Meine Neugierde war befriedigt worden. Ich war mir nun sicher, dass Molotow den Kaul umgebracht und beseitigt hatte.

Der Umweltschaden war ein Problem, das war klar. Hier waren viele Menschen in gesundheitlicher Gefahr. Wenn ich es mir jedoch überlegte, war viel Sicherheit bei Grenzwerten eingebaut, so dass es vielleicht nicht so schlimm war.

So wie bei der Stahlbetonstütze in dem Einkaufszentrum in Münster, die hatte ich selbst gerechnet. Da mussten 24er Eisen rein, 8 Stück, an jeder Ecke 2. Rein gekommen waren laut Bewehrungsplan nur 12er. Ich hatte mich bei der Eingabe in der CAD vertippt und es war niemandem aufgefallen. Das Einkaufszentrum wurde gut besucht. Viele Menschen kauften dort ein und es war noch nichts passiert. Gleichwohl wurde mir bewusst, dass ich dort nicht einkaufte.

So würde es sich auch mit den Grenzwerten verhalten. Die waren bewusst niedrig angesetzt, aber passieren würde erst etwas, wenn diese deutlich überschritten wurden. Ich hatte nun keine Zahlen mehr im Kopf, aber so hoch waren die Werte im Gutachten nun auch nicht gewesen.

Damit wurde die Gefahr für Leib und Leben deutlich geringer.

Nachdem ich ausgiebig heiß geduscht hatte, war mir zudem klar, dass ich meinen Job behalten wollte. Damit war auch klar, dass ich mich ruhig verhalten musste. Gleichwohl durfte ich nicht vergessen, dass ein Unschuldiger im Gefängnis saß. Deshalb beschloss ich, noch einmal mit Kummer zu sprechen. Der war vertrauenswürdig, der war ein deutscher Beamter. Das mit dem Umschlag waren vermutlich tatsächlich Beweismittel gewesen. Was Anderes konnte ich mir, bei allen Erfahrungen in meinem Leben, nicht vorstellen.

Nachdem ich ausgiebig gefrühstückt hatte, beschloss ich, Kummer anzurufen. Auf dem Weg zu Baustellen kam ich an einer Telefonzelle vorbei. Vom Hotel aus war mir das zu gefährlich; wer konnte schon wissen, wer da alles mithörte, und im Container musste man Glück haben, um ungestört zu sein. Somit blieb eben nur die Telefonzelle.

Ich hatte noch Kummers Karte und genug Kleingeld in der Tasche.

Mit meinem Rad fuhr ich wie immer los. Es war, wie hier meistens, nicht viel los. Einige dröhnende LKWs überholten mich unter Missachtung eines sicheren Abstands. Die Telefonzelle, an einem geschotterten Parkplatz mit überquellenden Mülleimern stehend, hatte ich schnell erreicht.

Die Tür der Zelle öffnend, empfingen mich unangenehme Düfte. Kurz vor mir musste jemand mit einem Transpirationsproblem in der Zelle gewesen sein. „Hat der eine Wanze eingebaut!?", schoss es mir durch den Kopf. Ich nahm den klebenden Telefonhörer in die Hand und drehte ihn. Er sah unverfänglich aus. Mein Rundumblick zeigte auch nichts. Ich ließ die Tür zufallen. Die Umgebungsgeräusche wurden leicht gedämpft. Einem ungestörten Telefonat stand nun nichts mehr im Weg.

Ich wählte die auf der Visitenkarte abgedruckte Telefonnummer. Die schwarze Wählscheibe klackerte beim Rückweg auf die Nullposition. Wie erwartet schalteten die Relais der Telefongesellschaft präzise und schon hatte ich den 4K am Hörer. „Hauptkommissar Klaus Kummer, wer spricht?"

„Hier ist Adrian, Adrian Beermann." Ich vernahm ein Zögern. „Der von der Baustelle!"

„Mensch Adrian, schön, dass du mal anrufst. Wie geht es dir? Was macht der Baufortschritt?"

„Mühsam ernährt sich das Eichhörnchen!" Mit diesem Sprichwort war alles gesagt. „Aber Klaus, herzlichen Glückwunsch, du bist kein 4K mehr. Befördert worden. Hast du etwas gut gemacht?"

„Tja, daran bis du nicht ganz unbeteiligt. Wenn ich bei euch am A11-Center nicht so einen schnellen Ermittlungserfolg gehabt hätte, dann hätte es bis zum H3K noch länger gedauert."

„Ich nehme an, das H3K steht für Hauptkommissar Klaus Kummer!"

„Mann, du bist gut, erkennst die Abkürzung sofort. Du bist für den Öffentlichen Dienst gut geeignet. Aber hast du einen konkreten Grund für deinen Anruf? Ich muss nämlich gleich in eine Besprechung."

„Ja, mir geht es nochmals um die Aufklärung unseres Falls. Ich glaube nicht mehr, dass es der Obdachlose war. Ich habe neue Ermittlungsergebnisse. Ich habe herausgefunden, dass Herr …"

„Stopp, Stopp!" Kummer redete eindringlich auf mich ein. „Der Fall ist hier gelöst. Du brauchst keine Ermittlungsergebnisse mehr. Unser Hauptverdächtiger hat sich in der Untersuchungshaft das Leben genommen."

Keiner von uns beiden sagte etwas, Kummer ließ seinen Satz wirken. „Wir werten das, neben seiner belastenden Aussage, als Schuldeingeständnis. Der Staatsanwalt hat den Fall geschlossen."

„Aber, es gibt so viele Ungereimtheiten, die sich nicht erklären lassen. Das kann nicht euer Ernst sein. Der Mann in eurer Zelle hat sich unnötigerweise das Leben genommen. Überleg doch mal, wie soll der …"

„Tut mir leid!" Klaus unterbrach mich scharf. „Ich muss jetzt los. Und an dich der Tipp: lass deine Ermittlungen. Du bist kein verdeckter Ermittler mehr. Sonst bekommst du noch Schwierigkeiten. Mach's gut."

Kurz bevor das Tuten der unterbrochenen Telefonleitung einsetzte, erwiderte ich noch ein unverständliches: „Du auch." Er hatte einfach den Hörer aufgelegt. Ich konnte es kaum glauben.

Was aber noch schlimmer war, sogar besorgniserregend, war sein Hinweis auf Schwierigkeiten. Das war eine Drohung. Egal wer mir Schwierigkeiten machen wollte. Darauf hatte ich keine Lust.

Mit der Drohung war nun der Punkt erreicht, an dem ich meine Ermittlung einstellen wollte. Ich hatte schon immer die unterschwellige Angst gehabt, dass mir auch noch was passieren könnte. Ich war noch jung und wollte ohne Schwierigkeiten leben. Meine Überlegungen vom Morgen festigten sich. Ich sollte mich aufs Kerngeschäft, die Bauleitung, konzentrieren.

Helga war für den Rest der Woche auf einer politischen Fortbildung. Sie bereitete ihre politische Karriere intensiv und ernsthaft vor. Lahrmann hatte ihr sofort Urlaub gegeben. Sonderurlaub, er hoffte bestimmt, dass er zukünftig noch seine Vorteile aus Helgas

Verbindungen ziehen könnte. Damit konnte sie mir jedoch auch keinen Trost spenden und mich auch nicht wieder moralisch aufbauen. Ich musste mich selber aufrichten. Mir kam ein altes chinesisches Sprichwort in den Sinn: „Verwandle große Schwierigkeiten in kleine und kleine in gar keine!" Damit sollte es mir doch gelingen, keine Schwierigkeiten mehr zu haben. Mal sehen!

Mit wenig Konzentration verbrachte ich den Rest des Tages damit, Rechnungen zu prüfen. Später bemerkte ich, dass ich einem Unternehmer die großzügig aufgestellte Massenberechnung hatte durchgehen lassen, er hatte Leistungen abgerechnet, die er erst im Zeitraum bis zur Zahlung der Rechnung erbringen würde. Also zukünftig. Das ging jedoch gar nicht. Bezahlt wurde nur das, was bis zum Datum der Rechnung erbracht wurde. Gleichwohl war es in dem Augenblick jedoch egal, da die Abschlagsrechnung ohnehin keine Anerkenntnis des geschuldeten Gesamterfolgs seiner Leistung war. Ich hakte die Rechnung ab.

Eine wichtige Aufgabe des Tages bestand noch darin, eine zahlungskräftige Gruppe für das Abendessen zu finden. Dieser widmete ich meine verbleibende Tagesarbeitskraft.

Leider ohne Erfolg, wie ich am Ende des Arbeitstages feststellen musste. Ich hatte keinen Firmenchef oder sonstigen Hansel gefunden, der mich zum Abendessen eingeladen hatte. Damit war klar, dass ich mein Abendessen über mein relativ bescheidendes Spesenkonto abrechnen musste.

Die Tür des Containers schloss ich um 17:00 Uhr zu. Franke hatte sich auch den ganzen Tag nicht blicken lassen. Das war auch gut so. Er überließ mir immer mehr an Aufgaben. Mir war jedoch noch nicht klar, ob er mir dadurch sein Vertrauen aussprach oder bereits andere Pfade beschritt.

Als ich mit meinem Fahrrad die ersten Meter gefahren war, kam ein schnellfahrendes Fahrzeug, eine lange Staubfahne hinter sich

herziehend, auf mich zugefahren. Der Wagen machte keine An-
stalten, seine Geschwindigkeit zu reduzieren. Der Motor heulte
auf und die Räder blockierten im lockeren Sand, als der Fahrer,
den ich noch nicht erkennen konnte, bremste. Durch den geringen
Widerstand des lockeren Untergrundes rutschte das Fahrzeug auf
mich zu. Die von mir überschläglich berechneten Vektoren der Be-
wegungsrichtungen meines Fahrrads und des Autos ergaben,
dass, wenn hier nicht etwas Unvorhergesehenes passierte, eine
Kollision unvermeidlich sein würde. Ich entschied mich für die un-
vorhersehbare Lösung und lenkte mein Fahrrad in einen Busch
voller blühender Disteln. Ein zwischen den Disteln liegender grö-
ßerer Stein blockierte daraufhin das Vorderrad meines Fahrrades
so schlagartig, dass ich durch die Schwungkraft meiner Masse
über den Lenker stürzte. Ich rollte mich geschickt über meine
rechte Schulter ab. Durch den Sturz wurde ich glücklicherweise
über das Distelfeld geschleudert und ersparte mir dadurch die
Pein dieser Pflanzen. Gleichwohl schmerzten nun andere Stellen
meines Körpers.

Ich war völlig benommen und richtete mich langsam auf. Das
Auto stand und die Tür wurde geöffnet. Molotow trat aus dem
Wagen heraus. Er lächelte.

„Man, Sie Idiot, Sie hätten mich fast überfahren. Sind Sie von allen guten Geistern verlassen? Was soll das?" Ich brüllte den Mann
an. Doch der verschränkte nur seine Arme und lehnte sich an die
Motorhaube seines, wie ich jetzt feststellen konnte, Aston Martins.
„Ich hätte mich ernsthaft verletzen können! Oder sogar …" Ich beendete den Satz nicht. Das war es, der wollte mich beseitigen. Ich
riss mein Fahrrad hoch und hielt es, als wenig nützliches Schutz-
schild, zwischen uns.

„Na, nun regen Sie sich nicht so auf, Beermann. Ist doch nichts
passiert. Warum fahren Sie den auch in den Busch? Ich hatte doch
schon gebremst. Sehen Sie, das Auto steht noch weit vom Rand

entfernt. Da wären Sie gut daran vorbeigekommen."

Von „gut" konnte keine Rede sein. Doch hatte er recht. Bei der Berechnung der beiden Vektoren war mir wohl ein Fehler unterlaufen. Vermutlich hatte ich die Haftreibung des Bodenbelags falsch eingeschätzt. Es hatte keinen Schnittpunkt gegeben.

„Man Molotow, das ist doch scheißegal. Sie sind in einer affenartigen Geschwindigkeit auf mich zugefahren. Das war doch Absicht."

Er grinste mich an. „Ich wollte Sie abholen und zum Abendessen einladen."

Das war ja eine merkwürdige Einladung, aber damit hatte ich zumindest ein wichtiges Tagesziel erreicht.

„Wo soll es denn hingehen?"

„Na, Sie haben die Wahl!"

„Dann fahren wir zum örtlichen Griechen, die achten nicht auf die Etikette und das ist, so staubig wie ich jetzt bin, ganz praktisch. Zudem gibt es dort immer viel Knoblauch und morgen früh habe ich noch ein Gespräch mit einem Unternehmer über Mehrleistungen. Das wird vielleicht schneller gehen, wenn ich ordentlich stinke."

„Na dann, los! Steigen Sie ein."

„Und mein Fahrrad! Kann das in den Kofferraum?"

„Mann, sind Sie verrückt? In den Kofferraum dieses Autos kommt bestimmt kein Fahrrad! Sie können froh sein, wenn ich Sie mitnehme. Lassen Sie das hier liegen!"

„Na, das ist ja eine tolle Einladung." Ich stieg in den nach Neu riechenden Wagen ein.

Molotow erreichte den Griechen in neuer Rekordzeit. Kein anderer, der mich bislang mitgenommen hatte, war schneller gewesen. Mit quietschenden Reifen kam der Wagen vor dem Restaurant zu stehen.

Die mongolische Bedienung begrüßte uns. „Die Herren, alter Tisch?"

Molotow studierte die gebrachte Speisekarte. Ich brauchte nicht mehr nachzusehen, was ich nehmen würde. Damit hatte ich bei Klängen griechischer Volksmusik Zeit, Molotow etwas genauer zu betrachten. Sein Dreitagebart war frisch gestutzt. So wie er nun vor mir saß und mit bewegenden Lippen lautlos die Karte las, erkannte ich auch die tiefen Furchen, die sich um seinen Mund gebildet hatten. Die rechte Wange war durch eine grobe Narbe verziert und unterhalb des linken Auges war eine weitere, die die Lachfalten durchkreuzte. Ein Gesicht, das vermutlich schon viel gesehen hatte.

Er blickte auf und sah in meine nicht rechtzeitig abgewendeten Augen. Seine dunklen, braunen Augen bohrten sich in mein Hirn. Er rief zur Bedienung hinüber: „Zwei Wodka!"

Die Bedienung brachte den Wodka und Molotow hob sein Glas und seine dunklen Augen starten mich wieder an. „Mein Großvater pflegte zu sagen: Ich habe den Wunsch, ein Haus zu kaufen, aber nicht die Möglichkeit dazu; ich habe die Möglichkeit, eine Ziege zu kaufen, aber nicht den Wunsch dazu. Trinken wir also darauf, dass unsere Wünsche mit unseren Möglichkeiten zusammenfallen. Na sdorowje!" Er kippte den Wodka in seinen weit geöffneten Mund. Ein interessanter Wunsch war das; ich würde mir wünschen, dass ich die Möglichkeit hätte, aus diesem Schlamassel von unvollständigen Informationen herauszubrechen, und dass alles von einem anderen aufgeklärt würde.

„Mich würde nun mal interessieren, warum Sie mich zum Abendessen eingeladen haben. Da steckt doch mehr dahinter als russische Nächstenliebe. Wobei, ist das nicht ein Widerspruch in sich: Russen und Nächstenliebe?"

„Pass auf, Bürschchen, was du sagst!" Er lachte mich an und die bereits sichtbaren Falten wurden verdoppelt. „Aber über das Geschäft reden wir beim Essen! Fräulein, noch zwei Wodka!"

„Fräulein, das ist gut!" Nun war es mein Gesicht, das Lachfalten bildete. Ich hoffte nur, dass es deutlich weniger als bei meinem Gegenüber waren. Ich musste aufpassen. Nicht dass Molotow mich hier abfüllte und später noch etwas mit mir anstellte. Der Bursche war mit allen Wassern gewaschen.

Ich hob mein Glas und sah ihm in die Augen. „Mein Großvater, der Bestatter war, sagte immer, wenn ein Mann gestorben war: Für den Mann ist das nicht gut, aber für unser Geschäft. Trinken wir darauf, dass unsere Geschäfte nicht zu große Opfer fordern! Prost!"

„Das ist eine interessante Weisheit, die Ihr Großvater da hatte. Aber manchmal sind Opfer unumgänglich, wenn man etwas Großes bewegen will." Molotow sprach ganz leise.

Die Bedienung stand unerwartet am Tisch und sah mich an. Ich nickte ihr zu und sie sagte nur: „Wie immer! Und Herr, gewählt?!"

Molotow beschränkte sich auch auf das Wesentliche der Konversation. „Metaxaplatte!" war sein Wunsch.

„Wo waren wir stehen geblieben? Ach ja, Opfer. Sehen Sie, Sie sind weit weg von Ihrer Heimat, so wie ich. Nur weil Sie eine große Aufgabe zu erfüllen haben und das ist dann ja auch ein Opfer. Sind Sie verheiratet?"

„Noch nicht, aber in festen Händen."

„Fräulein! Wodka! Zwei! Sehen Sie, da ist es doch ein Opfer, hier zu arbeiten. Und dann noch unter so einem Chef. Sie haben doch das Zeug dazu, selber Chef zu sein. Meinen Sie nicht auch?"

Mir wurde ganz anders. Hatte der Mann mein tatsächliches Potenzial entdeckt oder wollte der mir nur einfach Honig um den Bart schmieren? Ich rief mir die Vorsicht in Erinnerung.

„Wissen Sie, so schlecht ist mein Chef gar nicht. Der ist ein richtiger Prellbock und als solcher stellt er sich auch schon mal vor mich. Sicher, sein Ton ist gewöhnungsbedürftig. Da haben Sie es mit einer Chefin, die eine feinfüllige Rhetorik verwendet, besser! Und vielleicht hat Ihre Chefin noch andere Vorteile als Herr Franke." Ich zwinkerte ihm zu.

„Na, das gehört hier natürlich nicht hin, Herr Beermann!" Er zeigte wieder die Verdopplung seiner Gesichtsfalten.

„Platz machen! Essen da!" Die Küche des Griechen arbeitete zügig.

Wir aßen schweigend die griechischen Speisen. Die Stimmen vom Nachbartisch, an dem sich eine Gruppe junger Mütter niedergelassen hatte, drangen in meine Ohren. Die Frauen sprachen über Stilleinlagen, Schlafmangel und Kohlblätter und übertönten dabei die nicht endende Sirtaki-Musik.

„Nun aber heraus mit der Sprache, Herr Molotow. Was wollen Sie von mir?"

„Nun sagen wir mal so, meine Chefin hat Sie beobachtet und meint, dass Sie ein helles Köpfchen sind und hier auf der Baustelle Ihr Potenzial nicht richtig ausschöpfen können. Und wie zufällig wurde sie von einem Staatssekretär aus dem Wirtschaftsministerium gefragt, ob sie nicht einen jungen Ingenieur kennen würde, der das Ministerium dabei unterstützen könnte, praxistaugliche Aspekte in die VOB Teil B einzuarbeiten."

„Man, Herr Molotow, das ist ja ein Ding. Damit habe ich nun gar nicht gerechnet." Meine Brust schwoll. Hatte ich mein Potenzial so deutlich vor mir hergetragen, dass es sogar Frau Wolski-Zeizig aufgefallen war? Aber da war doch bestimmt ein Haken. Die VOB wurde doch von dem Deutschen Vergabe- und Vertragsausschuss für Bauleistungen, kurz DVA, verfasst. Die DVA hatte die Aufgabe, Grundsätze für die fachgerechte Vergabe und Abwicklung von öffentlichen Bauaufträgen zu erarbeiten und weiterzuentwickeln. Ein weiteres Aufgabenfeld des DVA liegt in der Erstellung von Regelwerken zur Rationalisierung im Bauwesen mittels der elektronischen Datenverarbeitung. Dem DVA gehören Vertreter aller wichtigen öffentlichen Auftraggeber, Ressorts des Bundes und der Länder, sonstige öffentliche Auftraggeber, kommunale Spitzenverbände und Spitzenorganisationen der Wirtschaft und der Technik, in paritätischer Zusammensetzung an. „Was soll ich denn machen? Was wollen die mit mir?"

„Na, soweit ich weiß, sollen Sie den Staatssekretär Machnik dabei unterstützen, die Arbeit des DVA, das ist irgendein Ausschuss oder so was, zu beurteilen, ob das, was die dort verzapft haben, auch praxistauglich ist."

„Wenn das so ist, dann könnte das ja funktionieren." Was springt den für mich dabei heraus? Das muss sich ja auch lohnen."

„Ich soll Ihnen sagen, das sind mindestens 60.000!"

60.000 war nicht schlecht. Aber da war bestimmt noch mehr drin. Doch das musste ich in der nächsten Runde klären.

„Das klappt natürlich nur, wenn Sie zukünftig Ihre privaten Kontakte zur Polizei und anderen Behörden unterlassen!" Molotow sprach ganz leise und sein Muttersprachenakzent nahm deutlich zu. „Wenn Sie auf dieser Baustelle nicht die Füße stillhalten, dann wird das nichts."

So lief der Hase also, die wollten mich hier weghaben und höher loben. Mir wurde schlagartig klar, dass mein vertrauliches Gespräch mit Kummer nicht vertraulich geblieben sein konnte. Zudem wurde mir klar, dass ich nicht in Berlin in ein Büro abgeschoben werden wollte, und von dem Typen ließ ich mir nichts sagen. Aber wie kam ich aus dieser Nummer raus? Hatte ich nicht ohnehin beschlossen, den lieben Gott einen guten Mann sein lassen? Wer wusste sonst noch von diesem Angebot? Ich sollte fremdgesteuert werden. Meine Nackenhaare stellten sich auf. Ich rief mich zur Disziplin; wenn Molotow seinen Willen nicht bekam, könnte er noch gefährlicher werden, als er ohnehin war. Seine Attacke mit dem Auto vorhin musste ich als Drohgebärde sehen. Er würde mich killen, wenn ich nicht das machen würde, was er wollte. Damit musste ich ihn erst in Sicherheit wiegen.

„Das dürfte kein Problem sein. Ich hatte ohnehin vor, meinen Kontakt zu Kummer einzustellen. Außerdem ist Ihr Angebot sehr verlockend. Das sollte dann aber unter uns bleiben. Meinem Chef werde ich das noch selber verklickern. Zu wann soll ich denn anfangen?"

Das Spiel seiner Gesichtsfalten signalisierte ein Lachen, doch die Augen blickten ernst, fast schon bedrohlich.

„Zum ersten September! Bis dahin machen Sie hier einfach Ihren Job. Ich hoffe wir haben uns verstanden!" Seine Augen waren nur noch kleine Schlitze und das anfängliche Faltenspiel hatte sich erledigt.

Freitag, 21.Juli

Ich hatte den Rest der Woche „Dienst nach Vorschrift" gemacht und die „Füße still gehalten". Franke hatte gefragt, ob alles in Ordnung mit mir sei. Dieser alte Heuchler, der wusste bestimmt, dass ich abgeworben worden war, und schob nun seine Fürsorgepflicht vor. Bei dem Gedanken an den neuen Job hatte ich kein gutes Gefühl. Insgeheim wurde mir immer klarer, dass ich keinen Job in einem Ministerium haben wollte, nicht um den Preis eines Maulkorbs. Da war es gut, dass es heute nach Hause ging. Zudem hatte ich Glück; einer der Mieterbauleiter hatte mir sein Flugticket nach Münster abgetreten, er musste das Wochenende durcharbeiten, wobei ich eher den Eindruck hatte, dass er und Tupperware-Simone ein schönes Wochenende haben wollten.

Damit konnte ich mich am frühen Nachmittag von der Baustelle verabschieden. Das Hotel fuhr mit einem kleinen Bus regelmäßig zum Flughafen. Damit würde ich schnell dort sein.

Auf dem Weg zogen schwere Wolken auf. Ein Gewitter kündigte sich nach den schwülwarmen letzten Tagen an. Ich musste zusehen, dass ich ins Flugzeug kam. Auf der Baustelle waren einige Bauteile nur provisorisch gegen Wasser geschützt. Wenn es da noch Probleme geben sollte, dann würde ich als erster mich der Sache annehmen müssen. Franke würde, wie bereits geschehen, argumentieren, dass ich ja fast auf der Baustelle schlafen würde. Gut, dass es meines Wissens keine mobilen Telefone gab, mit denen er mich erreichen konnte.

Vor dem Flughafen angekommen empfing mich dieser mit der typischen lärmenden Geräuschkulisse, als sich die automatische Tür des Kleinbusses öffnete. Das Gewitter entlud sich direkt über Berlin. Vor der Tür des Kleinbusses hatte sich eine große Pfütze gebildet. Mit einem eleganten Sprung überwand ich diese Hürde und eilte unter die schützende Arkade. Als ich zum Eingang strebte, sah ich plötzlich, auf einer rudimentär mit Beton geflickten Stelle des Waschbetonbodenbelages, einen deutlichen Fußabdruck. Einen mit einer Schlange. Auch die Größe passte. So wie der am Fundament. Molotow verfolgte mich. Der war auch hier. Nun wurde es gefährlich. Der Kerl wollte bestimmt wissen, ob ich nach Münster flog und würde in der Abflughalle in einer Ecke stehen und mich beobachten.

Der Fußabdruck verlor sich leider schnell auf den Waschbetonplatten. Aber als Warnung hatte es mir ausgereicht. Ich öffnete die in die Jahre gekommene bronzefarben eloxierte Aluminiumschwingtür des Haupteingangs. Das Entree des Flughafens war wenig gefüllt. Ich suchte in der Tiefe des Raums nach Molotow, doch war er nicht zu finden. Stattdessen fiel mir die massige Gestalt meines entfernten Kollegen Büker auf. Seine breiten Schultern, die ein Popelineblouson deutlich ausfüllten, und die markante Frisur reichten für eine eindeutige Identifizierung aus.

Wenn der auch nach Münster flog, dann hatte ich aber keine Lust, neben ihm zu sitzen. Er war so ein Oberlehrerschwätzer, der immer alles besser wusste.

Nun musste ich auf zwei Figuren achten, Molotow und Büker. Büker bewegte sich deutlich unauffällig unter den übrigen Menschen. Er ging nun durch die Tür zum Check-in, an den ich auch musste. Sein Flug ging also auch nach Münster. Langsam und mit Abstand folgte ich ihm, nicht ohne mich nach allen Seiten umzuschauen. Aber es war kein weiterer Unbekannter in Sicht. Büker sprach mit der Mitarbeiterin der Fluggesellschaft, die die Bordkarten ausgab, eine nicht mehr ganz junge blonde Frau, ihre durchgestuften kurzen Haare wippten beim Sprechen leicht hin und her. Sie schien ihren Worten durch eine leichte Nickbewegung des Kopfes mehr Bedeutung verleihen zu wollen. Ich stellte mir vor, wie sie vor ihren halbwüchsigen Kindern steht und diesen mit deutlichen genickten Worten eine ausschweifende Erklärung für was auch immer gibt.

Im Flugzeug konnte ich Büker nicht ausweichen. Die Maschinen haben nicht viel mehr Sitzplätze als ein Bus. Da sieht jeder jeden. Also musste meine Bordkarte einen Platz ausweisen, der weit von ihm entfernt ist. Zwischen Büker und mir waren noch 6 weitere Reisende. Etwas wenig, um nicht entdeckt zu werden. Eine der Stahlbetonstützen bot Schutz. Ich lehnte mich daran an und ließ weiteren Passagieren den Vortritt.

Nun wurde es Zeit, mich einzureihen. Vor mir standen noch eine ältere Dame mit Pelzkragen und Dauerwelle, die nach Echt Kölnisch Wasser roch, und eine weitere jüngere, die mich stark an Jodie Foster aus *Schweigen der Lämmer* erinnerte.

Die Damen wurden abgefertigt. Ich leckte mir noch einmal kurz über die Lippen und probte ein Lächeln, bevor die – ich vermutete alleinerziehende – Check-in-Dame, die keine Ringe trug, zu mir aufsah. Sie richtete ihren Blick, der dabei über eine Kinderzeichnung mit einem Drachen oder etwas Ähnlichem schweifte, zu mir auf und lächelte ihr Routinelächeln. Ich überreichte ihr mein Ticket.

„Ich habe da ein Wunsch! Mein Chef ist auch im Flugzeug, können Sie mir einen Platz weit vom ihm entfernt besorgen? Es ist Wochenende und ich habe keine Lust mehr, über die Arbeit zu sprechen." Ich legte meine unberingte rechte Hand auf den Tresen und setzte nun ein zerknirschtes Lächeln auf.

Hiltrud, ihr Name stand auf dem Ansteckschild ihrer Uniformbluse, schenkte mir ein strahlendes Lächeln. Ich hatte den Eindruck, dass das extra für mich war.

„Wissen Sie denn, wo Ihr Chef sitzt? Oder sagen Sie mir doch seinen Namen, dann sehe ich nach." Sie beugte ihren Oberkörper vor und sagte etwa leiser, nur für mich: „Das verstehe ich gut, wenn Sie am Freitagnachmittag nicht neben Ihrem Chef sitzen möchten. Neben der Dame von vorhin ist noch ein Platz frei!"

Na, da hatte ich Glück. Neben Jodie Foster sitzend würde der Flug bestimmt kurzweilig werden.

Ich hatte mich immer an das Ende aller weiteren Schlangen gestellt und war unerkannt ins Flugzeug gelangt. Einzig der zugewiesene Platz war nicht neben Jodie Foster, sondern der anderen Dame. Ich konnte nur hoffen, dass ich keine 4711-Allergie hatte.

Der Flug verlief reibungslos. Ich kannte nun die Krankengeschichte meiner Sitznachbarin und wusste, dass ihre Enkel nicht die schulischen Leistungen brachten, die ihre Eltern erwarteten. Ich hatte nicht versucht, ihr zu erklären, dass es hier wohl oft eine Diskrepanz gibt.

Nachdem die Gangway heruntergelassen wurde, war ich der Erste, der ausstieg. Ich hatte der Flugbegleiterin bereits in der Luft gesagt, dass mir schlecht sei und ich gern sofort das Flugzeug verlassen möchte. Das Glück war mir hold und der Passagierbus hatte einen Motorschaden, so dass die Passagiere über das Flugfeld zur Ankunftshalle laufen mussten. Da ich nur Handgepäck hatte, meine Wäsche wurde im Hotel gewaschen, war ich schnell aus dem möglichen Blickfeld Bükers verschwunden.

Damit hatte ich mich erfolgreich vor seiner überflüssigen Rhetorik gedrückt. Nun musste ich noch kurz auf Susanne warten und schon konnte das Wochenende beginnen.

Ich stelle mich daher im Schutz einer Stahlbetonrundsäule im Abholbereich des Flughafens auf. Büker würde ja auch noch abgeholt werden und da sollte er mir nun nicht mehr über den Weg laufen. Er konnte mich vom Ausgang aus nicht sehen. Aber Susanne, wenn sie hier vorbeifuhr, hatte mich voll im Blick.

Autos fuhren an mir vorbei. Einige mit gelben Kennzeichen. Klar, den Holländern fehlte ein Flughafen, deshalb fuhren sie nach Greven. Ein Holländer hielt an und der automatische Fensterheber senkte die Scheibe auf der Beifahrerseite herab. Der wusste vermutlich nicht, wohin er musste, und wollte mich fragen.

Ich beugte mich zu der Öffnung herunter. In dem Auto saß Franjo, der holländische Stararchitekt. „Hallo Franjo, was willst du denn hier? Wie geht es dir?“ Ein hinter Franjo stehender Wagen hupte. „Ich muss jemanden abholen!“ „Man, fahr weiter. Du hältst den ganzen Verkehr auf.“ „Soll ich dich mitnehmen?“ „Ne ich werde abgeholt!“ „Ok, mach es gut.“

Was für eine unvorhergesehene Begegnung. Ich hatte Franjo seit unserem Flug nach Berlin nicht mehr gesprochen. Nun war wohl auch keine Zeit. Er fuhr mit seinem Jaguar weiter. Wen er wohl abholte?

Ich beugte mich etwas um die Rundstütze herum, gerade so, dass meine Blickachse dem Auto folgen konnte und die Rundsäule lediglich tangential berührte.

Franjo steuerte seinen Wagen in eine der Kurzzeithaltebuchten. In meinem Blickfeld erschien Büker! Er holte meinen Kollegen ab. Nun, die beiden waren ja auch befreundet. Nun stieg auch Franjo aus. Er umrundete den Wagen in schnellen kurzen Schritten. Auch Büker kam auf Franjo zugestürmt. Er ließ seine Tasche fallen und beide fielen sich in die Arme.

Na, eine sehr stürmische Begrüßung unter Kumpels. Doch nun küssten sie sich auf den Mund. Das waren keine Kumpels! Die waren wieder ein Paar.

Neben mir hielt hupte ein Auto. Es war Susanne. „Siehst du den beiden Typen beim Knutschen zu?" „Das sind Kollegen. Also der Große und der kleinere im schwarzen Anzug, das ist Franjo. Ich erzählte dir von ihm. Die sind offensichtlich wieder zusammen." „Wie, waren die schon mal zusammen?" „Ja, aber dann war Franjo mit dem Toten zusammen. Also, als der noch lebte, meine ich."

Plötzlich kräuselten sich meine Nackenhaare! Erst war Franjo und Büker zusammen, dann Franjo und Kaul, Büker war deren gemeinsamer Freund und nun wieder Franjo und Büker und Kaul war tot. Dann war Büker Nutznießer von Kauls Tod.

Montag, 24.Juli

Am Montag war eine Baubesprechung. Nicht die ganz große, Lahmann und Otto waren nicht dabei. Otto hatte seinen Adjutanten Deisen geschickt. Der sollte vermutlich die letzten wichtigen Mieterwünsche kommunizieren. Franke übernahm die Besprechungsführung, was Deisen nicht passte: die beiden gerieten immer wieder aneinander.

Helga hatte ohne große Worte Kaffee gekocht, mit den Achseln gezuckt und gemeint: „Ist doch mein Job, als Sekretärin." Ich hatte sie mal gefragt, ob sie dieses ewige Kaffeekochen nicht nerven würde. Nun machte sie fast immer einen Spruch, wenn sie dabei war.

Ich hatte mich mit ihr noch nicht in Ruhe unterhalten können. Somit wusste sie noch nichts von Büker und Franjo Meijer. Bei der nächsten ruhigen Gelegenheit wollte ich mit ihr sprechen.

Büker erschien etwas verspätet, er sah übernächtigt und angespannt aus. Er begrüßte alle mit einem kurzen Nicken. Deisen sah ihn von der Seite an und fragte ihn: „Ich wusste gar nicht, dass Sie gut mit unserem Architekten befreundet sind. Ich würde sogar meinen, dass Sie sehr gut befreundet sind. Ich sah Sie zufällig am Flughafen in Greven. Hatten Sie ein schönes Wochenende?"

„Was denn? Büker trifft sich mit der Schwuchtel? Nicht dass Sie mir noch schwul werden, Kollege!", Gröbaz lacht laut auf und knuffte Büker leicht in die Seite.

„Man, lasst mich in Ruhe, es geht hier wohl niemanden was an, mit wem ich mich in Münster treffe!"

„Da hat er recht, Deisen, also halt die Klappe!" Sprang nun Gröbaz überraschend Büker zu Hilfe, was mich gewundert hätte? Unter normalen Umständen hätte er noch etwas auf dem Thema rumgeritten, zumal es Büker offensichtlich nicht gefiel. Vermutlich wollte er nur Deisen in seine Schranken weisen.

„Wir sind im Übrigen auch nicht hierhingekommen, um uns über unsere Aktivitäten am Wochenende zu unterhalten! Also, Deisen, haben Sie etwas Wichtiges zu sagen, sonst wären Sie ja nicht hierhin gekommen?!"

„Ja, äh, ich erhielt am Freitag noch einen Anruf von Frau Janßen, der Mieterin von der Parfümerie ‚Clair de la lune'. Sie möchte unbedingt andere Tapeten haben und brachte mir dieses Tapetenbuch vorbei."

Wie konnte man eine Parfümerie nur nach einem Kinderlied benennen? Aber es sollte mir egal sein; wenn das alles war, was er zu berichten hatte, dann war für mich nur seine Beobachtung am

Flughafen wichtig. Was für Tapeten in den Shop kommen sollten, war völlig unerheblich. Wir mussten erst noch die Wände bauen, an die die Tapeten kommen sollten.

„Man, Deisen, deshalb kommst du extra zu uns, um das zu berichten?" Ein Gröbaz sprach die Fragen aus, die er dachte. Ich sollte mir diese Offenheit merken und später noch mit Büker sprechen, um auch die Fragen auszusprechen, an die ich dachte.

Wie so oft wurde viel palavert und nach zwei Stunden war endlich Schluss. Büker rücke seinen Stuhl zurück. Er stand ganz bedächtig auf. Alle anderen eilten zum Ausgang und von dort zu ihren Fahrzeugen. Einzig Gröbaz und Helga blieben noch. Ich musste mit Büker sprechen. „Ich muss noch nach den Lüftungsgeräten sehen. Ob die wirklich höher als im Bauantrag vorgesehen sind."

„Man Beermann, das solltest du doch schon am Freitag machen. Zisch ab!", war die zu erwartende Antwort Gröbaz'. Ich lief die Treppe runter und stellte mich dort um die Ecke eines Containers. Von dort konnte ich sehen, wenn Büker kam.

Es dauerte keine zwei Minuten, ich hatte die Zigarette grad erst zur Hälfte weggezogen, da kam er auch schon die Treppe herunter. Er bewegte sich sehr gemächlich. Mein Meister in der Lehre hätte gesagt: „Dem kann man beim Laufen die Schuhe besohlen." Ich musste die Gelegenheit nutzen und ging hinter ihm her.

„Hallo Herr Büker, darf ich Sie ein Stück zum Auto begleiten?"

„Na klar. Haben Sie die Lüftungsgeräte schon kontrolliert?"

„Das hatte ich schon in der letzten Woche erledigt und es war so wie in den von Herrn Franke im Mai genehmigten Plänen vorgesehen. 50 cm zu hoch. Da werden wir noch Stress mit der Bauaufsicht vom Kreis bekommen."

„Und bekommt Franke das hin?"

„Ne, nicht Franke. Das macht Lahmann persönlich." Ich hielt

ihm Daumen und Zeigefinger unter die Nase und rieb diese aneinander. „Ach übrigens. Es freut mich ja, dass Sie wieder mit Franjo
zusammen sind. Der war ziemlich geknickt, wegen des Todes von
Herrn Kaul."

„Tja, er ist es immer noch und mir geht es auch nicht viel besser."

„Aber zumindest sind Sie nun wieder mit Franjo zusammen.
Das ist doch ganz gut. Sie waren ja bereits vor Kaul einmal mit ihm
liiert."

„Ja, na und! Der Schmerz um den Tod unseres Freundes hat uns
nun wieder zusammengebracht. Wäre ich vor zwei Jahren nicht
nach Berlin gegangen, dann hätte sich Franjo nie von mir getrennt."

Bükers Stimme klang immer aggressiver. Er merkte gar nicht,
dass mich das alles eigentlich nichts anging. Ich musste die gelöste
Zunge ausnutzen und blieb stehen.

„Wie? Der hat sich nur von Ihnen getrennt, weil Sie nach Berlin
mussten?"

„Na ja, mir ist da in Berlin ein kleiner Fehltritt unterlaufen.
Franjo ist da sehr eigen, was Treue angeht. Das hat er mir nicht
verziehen!"

Ein schwer beladener LKW donnerte an uns vorbei. Ich packte
Büker, der vor mir stand, am Arm und drückte ihn etwas weiter
vom Fahrbahnrand weg. Ich musste nun alles auf eine Karte setzen
und die entscheidende Frage stellen. Wir waren fast bei seinem
Auto. Er hatte den Schlüssel schon in der Hand.

„Und da haben Sie sich nach langer Zeit gedacht: Ach, wenn
mein Nebenbuhler doch nur sterben würde, dann würde Franjo
wieder in meinen Armen liegen!"

Büker sah mich mit aufgerissenen Augen an und schrie: „Man,
ich liebe Franjo über alles und der hat mich wegen einer Nacht sit-
zenlassen und ist dann in die Arme von Konrad geflüchtet. Und
als es dann hier auf der Baustelle losging und ich die beiden öfter

sah! Die waren so glücklich. Ich konnte es nicht ertragen."

„Und dann haben Sie ihn umgebracht!"

„Nein, so war das nicht!" Er stieß mich mit aller Kraft von sich, so dass ich auf meinem Hintern auf der Straße landete. Ich rappelte mich auf.

„Sie müssen sich stellen!"

Doch Büker stieg schon in sein Auto und fuhr mit durchdrehenden Reifen davon. War seine Flucht ein Geständnis?

Dienstag, 25.Juli

In der vergangenen Nacht waren mir die Augen von Büker nicht aus dem Kopf gegangen, immer wieder war ich aufgewacht und hatte an ihn gedacht. Ich war mir sicher, dass er es war, der den Kaul umgebracht hatte. Doch war ich mir nicht sicher, ob ich zur Polizei gehen sollte, zumal Molotow diesbezüglich klargemacht hatte, dass ich keinen Kontakt mehr zur Polizei pflegen sollte. Außerdem kannte ich zu wenige Details. Wie hatte Büker den Toten in das Fundament geschievt? Und hatte er Kaul auf der Baustelle ermordet? Und wo war die Tatwaffe?

Andererseits hatte ich das Gefühl, dass Bükers Gewissen ihn stark belastete und allein schon deshalb der Todesfall gelöst würde. Nur dann war es auch so, dass das Bodengutachten nichts mit dem Tod zu tun hätte. Damit blieb das Geheimnis des Bodens verborgen und zumindest die Angestellten des Centers würden sich nicht mehr vermehren können. Wobei das vielleicht nicht so schlimm war. Andererseits ging es ja auch nicht, dass hier wissentlich, zumindest einige wenige wussten es, Menschen gefährdet wurden.

Ich musste mich beraten. Gedankenverloren strich ich in der vor mir liegenden Rechnung die Stundenlohnarbeiten und zog den Betrag von der Rechnungssumme ab. Gröbaz' Grundprinzip war:

„Wir bezahlen keine Verweilgebühr auf der Baustelle!" Ich hatte das Prinzip bereits verinnerlicht. Damit konnte ich auch Rechnungen kontrollieren, ohne mich voll darauf konzentrieren zu müssen. Ich legte die Rechnung auf den dafür vorgesehen Stapel.

Helga erschien mit strahlendem Lächeln in der Tür. „Wat machste für en Jesicht? Haben we noch en Toten?"

„Nein, aber ich weiß oder, besser gesagt, ich bin mir sehr sicher, wer Kaul getötet hat! Das hat gar nichts mit dem Bodengutachten zu tun. Es war Mord aus Eifersucht!"

„Watt? Wer soll denn den Kaul aus Eifersucht jetötet haben? Hatte der zwei Freundinnen?"

„Ne, zwei Freunde!"

„Dat war ne Schwuchtel? Dat jibt et nich! Ne, nicht der Kaul. Gib mir och en Kaffee. Den brooche ich jetzt."

Ich schenkte ihr in ihre mit dem Akronym ihrer Partei bedruckte, immer sauber gehaltene Tasse ein. Sie nahm einen großen Schluck.

„Erzähl, wer war es?"

Ich goss meine Tasse voll! Die Tür flog auf und Gröbaz stürmte rein.

Ohne einen Morgengruß ergoss sich sein Wortschwall über uns: „Was denn? Schon am frühen Morgen Kaffeekränzchen? Beermann, was ist mit dem Fluchttunnel, sind die Fugen saniert worden? Und hast du kontrolliert, ob oben im Bürotrakt endlich die Anker für die Fensterputzer in die Decke geschraubt wurden? Wenn du das verpennst, kostet die Nachrüstung später zu viel. Der schwedische Mieter nimmt es mit der Arbeitssicherheit sehr genau, nach meinem Geschmack etwas übertrieben. Aber wie war das noch gleich? Der Mieter ist König. Also mach dich auf die Socken. Und Helga, von dir brauche ich die letzte Bedenkenanmeldung der Firma Luftikus. Die müssen endlich Ruhe geben. Also, meine Lieben, an die Arbeit!"

Er klatschte als Zeichen des Beginns in seine Hände. Helga legte mir ihre Hand auf den Unterarm, als ich aufstehen wollte, sah mich an und verdrehte die Augen im Kopf.

„Ouf trinken dürfen we ja noch!" Und zu mir gewandt raunte sie: „Wir reden später."

Mir war bei all den Geheimnissen, die ich in mir trug, dennoch wichtig, dass die Arbeit der Baufirmen mit dem versprochenen werkvertraglichen Erfolg erbracht wurde, auch wenn der Erfolg, aufgrund des Wesentlichkeitsaspektes der VOB-Verträge, sich oftmals auch nicht vollständig erfüllen ließ. Deshalb hätte ich auch ohne Gröbaz' Motivationsansprache meinen Kontrollgang absolviert.

Insbesondere interessierte mich der lecke Fluchttunnel. Wie der Subunternehmer von unserem Rohbauer das Problem behoben hatte, war bestimmt interessant. Echterstein hatte mir versprochen, dass er die unstreitigen Mängel und deren Beseitigung persönlich überwachen wollte. Nun war er jedoch wegen einer plötzlichen aufgetretenen Blinddarm-Operation nicht mehr vor Ort. Ich musste also mit dem Subunternehmer vorliebnehmen.

Auf dem Weg zum Tunnel entdeckte ich hinter einem Container Bükers Auto. Was machte der denn schon hier? Heute war keine Baubesprechung und zu den Abnahmen mit dem Prüfstatiker war er bislang noch nie gekommen. Gröbaz hatte mit dem Prüfer vereinbart, dass die beiden das persönlich regeln wollten. Als Gröbaz mir das erzählte, rieb er Daumen und Zeigefinger aneinander. Ich würde Büker noch sehen. Hier auf der Baustelle lief man sich immer über den Weg.

Mein Fahrrad ließ ich am Ausgang des Fluchttunnels in den Sand fallen und wurde überrascht. Ein unternehmerisches Versprechen war eingehalten wurden. Die Treppe hinab in den Tunnel war fertig. Vielleicht nahm doch noch alles ein gutes Ende. Ich übertrug diese Hoffnung auf Kaul. Für den konnte diese Hoffnung nicht mehr in Erfüllung gehen, der war ins Reich der Toten aufgefahren, und ob es ein Entkommen von dort geben würde, das stand hoffentlich noch lange aus.

Ich stieg hinab, diesmal ausgerüstet mit einer Taschenlampe. Die Fugen waren zu. Es war anscheinend eine Kunstharzmischung oder etwas Ähnliches. Blieb nur zu hoffen, dass das Zeug auch einigermaßen dicht blieb. Ich schritt den Tunnel ab. In der Mitte hatte einer eine leere Flasche Whisky stehen lassen, einen 25-jährigen Macallan, ich hatte den bei einer Verköstigung probiert, der war nicht vom Discounter. Das war etwas merkwürdig. Hier trank kein Bauarbeiter Whisky und dann erst recht nicht so einen. Klar, einen Flachmann hatte einige in ihren Blaumännern, aber Whisky und dann noch so einen edlen? Wenn der noch von den Arbeitern war, dann waren die Fugen bestimmt nicht dicht. Ich nahm mir vor, Gröbaz zu berichten, dass wir hoffen sollten, dass alles in Ordnung war und der Fluchtfall mit gleichzeitig stark angestiegenem Wasserstand frühestens in 5 Jahren auftritt, dann war auch die Gewährleistungszeit für Gröbaz vorbei. Damit war der erste Arbeitsauftrag erfüllt.

Die Anker für die Absturzsicherung der Fensterputzer sollten im einzigen zweiten OG, das durch ein Zwischengeschoss für das schwedische Modegeschäft geschaffen worden war und zur Rückseite des Gebäudes Fenster auswies, die eine deutliche Höhe hatten, untergebracht werden. Ich musste einige Treppen, die sich teilweise noch im Rohbau befanden, hochsteigen.

Auf dem Weg nach oben traf ich einen weinenden Fliesenleger. Meiner noch nicht verkümmerten Fürsorgepflicht als Bauleiter nachkommend sprach ich ihn an: „Kann ich Ihnen helfen?" „Ne, mir kann keiner helfen! Mein Chef bringt mich um!" „Was ist passiert?" „Na, sehen Sie doch. Die Stufen der Treppe, die ich gestern Abend im Dickbett legte, sind schief! Da ist einer drüber gelaufen. Obwohl ich hier mit der Latte absperrte. So ein Arschloch. Ich bin gestern extra bis 20 Uhr hier gewesen. Da läuft hier sonst keiner mehr rum. Bei dem anderen Treppenhaus ist alles ok." Was sollte ich dem Gesellen raten? Eindeutig ein Mangel vor Abnahme, der in seinen Verantwortungsbereich fiel. „Hören Sie auf zu weinen! Der Zement dürfte noch nicht hart sein, Stufen runter und neu machen." „Wenn Sie wüssten, ich hatte Schnellhärter beigemischt, da muss ich mit dem Bohrmeißel dran. Und wenn der Werkstein nicht brechen soll, dann muss ich ganz vorsichtig sein. Das dauert zwei Tage. Wer bezahlt das?" „Na, ich nicht!" Eine Lehre der letzten Wochen war, der erfahrene Bauleiter spricht immer in der 1. Person des singulären Personalpronomens. Ich durfte nun nicht mehr zu viel Verständnis zeigen. Das kostete Geld. „Hätten Sie richtig gesichert, wäre nichts passiert. Sehen Sie jetzt zu, dass das in Ordnung kommt. Außerdem muss ich jetzt da hoch."

Ich stieg an dem Mann vorbei, damit der nicht weiter lamentieren konnte. War natürlich echt Pech für den Fliesenleger. Da blieb der schon solange, bis keiner mehr hier rumlief, und schon läuft ihm doch einer über sein Werk. Wer das wohl gewesen war? Meist konnte man den Verursacher nicht ermitteln.

In den Büros musste nicht mehr viel gemacht werden. Decken rein, Anstrich auf die Wände, Lampen und Türen, dann war alles klar. Die Räume sahen schon recht ordentlich aus. Und zu meiner Freude war im ersten Raum auch der Anker angebracht worden. Also alles klar. Ich wollte bereits wieder verschwinden, als ich daran dachte, dass es beim Handwerker ja nicht selbstverständlich war, dass automatisch auch eine gleichartige weitere Arbeit richtig ausgeführt wurde.

Ich ging also den Flur weiter runter, um den nächsten Raum zu kontrollieren. Es war ungewöhnlich ruhig. Eigentlich sollte hier gearbeitet werden. Warum jetzt schon wieder keiner mehr hier war: einfach unbegreiflich. Gut, dass der unglückliche Fliesenleger seine Flüche immer wieder mal ins Treppenhaus hochsandte. Damit war es nicht unheimlich still.

Wir hatten nicht alle Räume mit Fenstern ausgestattet. Mein Chef hatte gemeint, dass es in Schweden ohnehin die Hälfte des Jahres dunkel ist, da sind die nicht soviel Licht gewohnt. Also war Geld gespart worden und in dem Raum, an dem ich nun vorbeilief, war kein Fenster, somit auch kein Sicherungsanker. Ich kontrollierte mittlerweile nur noch zielgerichtet. Wenn man viel nach links und rechts sah, dann tauchten immer Mängel auf und um die musste man, respektive ich, sich kümmern. Also schnell an dem Raum vorbei und in den nächsten.

Die Türöffnung in der Wand aus Gipskartonplatten war noch nicht vollständig umrundet, als ich abrupt stehen blieb, meine Schuhsohle rutschte auf dem lediglich besenreinen Untergrund des Estrichs. Ich stieß eine weitere Flasche eines 25-jährigen Macallan um, die goldbraune Flüssigkeit lief sofort über den Estrich, ergoss sich jedoch nicht vollständig, da das Reststück einer Dachlatte den Fall stoppte. Doch nicht der Whisky hatte mich so abrupt stoppen lassen, nein, das, was meine Augen nun in mein Hirn transportierten, war fürchterlich.

An dem erst vor Kurzem montierten Sicherungsanker für die Fensterputzer war ein Seil befestigt worden und an dem Seil hin ein Mensch. Der Mensch drehte mir den Rücken zu. Seine Füße schwebten 20 Zentimeter über dem Boden.

Ich blieb stehen. Bewegte mich nicht, sah auch nichts. Nur den Menschen, der hier mit großer Wahrscheinlichkeit tot von der Decke hing. Ich fühlte mich seelenverlassen. Mein zweiter Toter in diesem Sommer. Langsam kehrte meine Aufnahmefähigkeit zurück. Der Whisky vor meinen Füssen verströmte einen wunderbar beruhigenden Duft. Ich konnte mich wieder bewegen und ging in die Hocke, nahm die Flasche in die Hand, führte diese zu meinem Mund und nahm einen Schluck von dem großzügigen Rest des in der Flasche verbliebenen Edelschnapses. Dieser rann durch meine Kehle und füllte meinen Magen aus. Eine sofortige Wärme umfing mich, mein Atem änderte sich von stoßweiser Atmung auf tiefe gleichmäßige Züge. Ich nahm noch einen Schluck. Nun schafften es meine Synapsen wieder, eine Frage aus den bisherigen Fakten zu formulieren: „Wer war der Mensch?"

Langsam bewegte ich meine Füße und ging auf den Menschen zu. Es war keine Frau, der Rücken war zu breit, außerdem zog keine Frau solche Schuhe an und dann noch in der Größe. Neben dem Menschen lag ein leerer 10-Liter-Farbeimer, vor dem Eimer ein Blatt Papier, DIN A4, handschriftlich beschrieben. Ich mochte meine Augen noch nicht nach oben richten und suchte den Boden weiter ab. Aber nichts Weiteres, was mit dieser Situation zu tun haben könnte, fing meinen Blick ein und damit hinderte mich nichts mehr daran, die gestellte Frage zu beantworten. Langsam sah ich an den Beinen des Menschen herauf. Auf der Innenseite des rechten Beins war ein feuchter Fleck. Die Finger zu offenen Fäusten gebogen. Auf der Brust auch ein feuchter Fleck. Der Geruch des Whiskys stieg mir in die Nase. Nun das Gesicht. Ich musste aufsehen, um dieses anzusehen.

Es war der Statiker, es war Wilhelm Büker. Mein Kollege, den ich verdächtigt hatte, den Bodengutachter ermordet zu haben. Der hing an dem Sicherungsanker für die Fensterputzer. Auf der größten Baustelle seines Lebens hatte er dieses beendet. Das konnte nur ein Schuldeingeständnis sein. War er auch wirklich tot?

Ich nahm meinen ganzen Mut zu Herzen und sprach ihn an: „Hallo Herr Büker, hören Sie mich?" Keine Reaktion! „Hören Sie mich?", schrie ich ihn nun an. Wieder keine Reaktion. Ich fasste seine Hand an, die war ganz kalt. Er war wirklich tot. Da war nichts mehr zu machen. Aus der Flasche in meiner Hand nahm ich einen großen Schluck. Der Brief, was stand da drin?

Ich stellte den Eimer auf und setzte mich darauf, den Brief in der einen und die Flasche in der anderen Hand und las:

Ich konnte nicht mehr! Meine Schuld ist zu groß! Ich wollte das nicht! Wir hatten uns gestritten und da war auch schon das Messer in meiner Hand. Ich hatte es mir zum Angeln gekauft. Nie im Leben wollte ich einen Menschen töten. Doch in dem Augenblick stieß ich zu. Konrad drehte mir den Rücken zu und ich stieß, mit der Hoffnung, dass Franjo zu mir zurückfindet, zu. Doch war das nicht so. Franjo liebt Konrad auch noch über den Tod hinaus. Meine Hoffnung ist zerstört und das Leben eines Freundes. Wir hätten zu dritt glücklich sein können. Bestimmt eine Zeit lang.

Nur dadurch, dass ich meine Schuld büße, kann ich der unteren Hölle von Dantes Inferno entsteigen und später mit reinem Gewissen vor meinen Schöpfer treten. Ich kann nicht mehr. Und dann auch noch der Mensch, der sich in seiner Zelle erhängte. Verzeih mir, Franjo, mein Liebster, ich wollte das nicht. Aber ich wollte dich zurückhaben. Nur ich wollte in deinen Armen liegen. Lebwohl Wilhelm

Der Brief glitt mir aus der Hand. Das war dann wohl ein Abschiedsbrief. Er war auch von Büker, ich kannte seine Handschrift aus den handschriftlichen Notizen zu seinen statischen Berechnungen. Ich nahm einen letzten Schluck aus der Flasche. Der Fall war gelöst. Doch umfing mich kein Erfolgsgefühl. Drei Menschen waren tot. Ich blieb sitzen. Aus meiner Hemdtasche fischte ich eine Zigarette. Büker baumelte hinter mir, nun bestand kein Grund zur Eile, er war tot. Ich wollte eigentlich hier weg. Aber mein Hintern erhob sich nicht von dem Eimer. Ich konnte nicht aufstehen.

Vor mir auf dem Boden lagen zwei Zigarettenkippen. Wie viel Zeit war vergangen? Mein Rücken schmerzte. Langsam drehte ich meinen Kopf nach hinten. Er hing noch an dem Anker. Damit war die Gebrauchstauglichkeit dieser Arbeit auch bewiesen. Der Anker konnte eine Mannkraft aufnehmen.

Hier konnte ich nicht sitzen bleiben. Der Tod musste gemeldet werden. Langsam hob meine Beinmuskulatur meinen Körper hoch. Der Eimer klebte kurz an meiner Hose fest und fiel dann scheppernd zu Boden. Ich hatte wohl geschwitzt. Nun wäre ein kleines Telefon, das man in der Tasche tragen konnte, sehr hilfreich gewesen. Dann hätte ich sitzen bleiben können. Ich fühlte mich ganz schlapp.

Langsam ging ich auf dem Flur weiter und blickte kurz in die übrigen Räume. Dort gab es keine Überraschungen mehr. Die Anker saßen alle an Ort und Stelle. Mit jedem Schritt, den ich tat, wurde ich munterer und schüttelte die Starre ab. Das würde Büker nicht mehr gelingen. Ich ging das andere Treppenhaus runter. Dieses war oben nicht gesperrt, so dass ich vorsichtig über den noch nicht vollständig ausgehärteten Mörtel der Treppenstufen nach unten ging.

Helga saß an ihrem Schreibtisch, die Kopfhörer in den Ohren. Franke an dem Besprechungstisch, einen Plan vor sich und eine Dose Cola-Cherry in der Hand. Ein friedliches Bild. Noch ehe ich etwas sagen konnte, ich musste erst Luft holen, richtete Franke das Wort an mich: „Man Beermann, hast du ein Schläfchen gehalten? Du bist jetzt eine Stunde weg. Haste die Anker selber montiert?"

„Man, nun seien Sie mal ruhig! Ich habe einen Toten gefunden!"

Franke sprang von seinem Stuhl auf und sah mich mit großen Augen und offenem Mund an. Helga rollte ihren Stuhl zurück und nahm ihre Kopfhörer ab. „Wat is passiert?!

„Ich habe Büker gefunden! Er hat sich aufgehängt!" „Woher

weste dat?" „Nah, ich habe gesehen, wie er am Seil baumelt!"

Franke hatte noch kein Wort herausgebracht. Solange war er noch nie still gewesen. Er öffnete und schloss den Mund ein paar Mal. Auf seinen Wangen hatten sich rote Flecken gebildet. Hatte er einen Schock?

„Wo hast du ihn denn gefunden? Hoffentlich bringt das die Termine nicht durcheinander." Er hatte keinen Schock. Nur sein Ziel der rechtzeitigen Eröffnung des Centers war wichtig. Ein Gröbaz ließ sich nicht durch Tote beirren.

„Er hängt oben bei den Schweden im Besprechungszimmer. Helga, ruf doch bitte die Polizei!"

„Mach ick! Setz dich erst mal." Sie schob einen Stuhl in meine Richtung. „Haste en Schock?"

„Nee, alles gut! Büker hatte sich mit zwei Flaschen Whisky abgefüllt. In der letzten war noch was drin. Die habe ich leer gemacht. Das half."

Jetzt wurden mir meine Knie doch weich, da kam der angebotene Stuhl gerade recht. „Das gibt es nicht! Da finde ich schon wieder einen Toten. Büker hat einen Abschiedsbrief hinterlassen. Er hat Kaul umgebracht. Aus Eifersucht!"

„Was? Der Büker gehörte auch zu den Schwuchteln? Das war mir noch nicht aufgefallen. Und dann hängt er sich noch auf meiner Baustelle auf! So ein Idiot. Das kostet mindestens einen Tag Verzögerung. Sind die Anker denn in der Decke? Das solltest du ja kontrollieren." Franke sah mich mit großen Augen an. Ich musste feststellen, dass er Angst hatte. Angst davor, dass er nicht fertig wird. Der Mann stand unter Dampf. Sein Gesicht war mittlerweile ganz rot. Er hatte sich auch wieder hingesetzt, griff sich an seinen Hemdkragen und zerrte daran. „Mach mal das Fenster …" Den Satz beendete er nicht; er sackte auf seinem Stuhl zusammen und sein Kopf schlug auf der Tischplatte auf.

Helga und ich sprangen gleichzeitig auf. Helga schrie: „Wat hat er denn nun? Ick ruf die Rettung. Hat er noch Puls?"

„Keine Ahnung. Warte, ich leg ihn auf den Boden. Da kann ich dann fühlen."

Ich fühlte Puls. „Alles ok, er lebt. Ich glaube nicht, dass wir den Krankenwagen brauchen. Der kommt gleich wieder zu sich, der ist zäh."

Ich hatte den Satz noch nicht ganz beendet, da schlug er auch schon wieder die Augen auf. Sein Blick huschte von einer Seite zur anderen. Er war noch ganz benommen. Ich stand auf und nahm mir eine Flasche Wasser.

„Jute Idee, gib ihm etwas Wasser, dann kommt er zu sich!"

Ich stand nun genau vor seinem Kopf und hielt die Flasche über ihn und schütte das Mineralwasser genau über seinem Kopf aus. „So wird ein Gröbaz wieder lebendig!" Helga sah mich an und grinste breit.

Franke schüttelte sich. „Was soll der Scheiß denn! Beermann, hast du sie noch alle!" Er richte sich auf den Ellenbogen auf. „Wie komme ich hier auf den Boden? Man, ist mir übel. Helga, hol mal den Mariacron. Ich brauche einen großen Schluck. Beermann, nun hilf mir schon auf!" Er steckte mir seinen Arm entgegen.

Die gereichte Hand nehmend, zog ich ihn hoch. Sein Gesicht war sehr blass und am Hals hatte er rote Flecken.

„Ich ruf doch noch die Rettung! Bertie, du siehst nicht gut aus." Helga schob ihm einen Stuhl unter und sah ihn mitleidig an.

„Quatsch, mir geht es prima. Haste Büker abgeschnitten?"

„Nein, ich wollte doch keine Spuren verwischen."

„Dann sieh zu, dass du wieder dahin kommst und den Bereich absperrst. Helga, ruf den Egon an und auch schon mal einen Bestatter, dann haben wir wieder schnell Klarschiff. Wo bleibt der Schnaps?"

Eine halbe Stunde später erschien der Dorfsheriff am oberen Treppenabsatz. Er grinste auf den ersten Blick, glättete dann jedoch seine Gesichtszüge sofort wieder. Vermutlich war er freudig aufgeregt über den nächsten Toten, wollte jedoch dem Anlass entsprechend ernst dreinschauen.

„Man, man, man, Herr Beermann, bei Ihnen ist auch immer was los! Wo hängt der Mann denn? Ach so, und erst einmal einen guten Morgen! Soviel Zeit muss sein." Er reichte mir die Hand.

„Da vorne, zweite Tür links." Ich führte ihn jedoch sicherheitshalber dorthin.

Büker hing noch an dem Sicherungsanker, die Dinger hielten gut was aus. Ich hatte die Wartezeit nicht mit ihm zusammen verbracht. Das wäre mir doch etwas zu gruselig gewesen. Jetzt war ich über die Begleitung des Schutzmanns froh. Ich hoffte, dass er seinem Namen alle Ehre machen und mich – wovor auch immer – schützen würde.

„Nun, da haben Sie recht, der Mann sieht sehr tot aus. Wie lange hängt er denn schon dort?"

„Na, das kann ich Ihnen nicht sagen. Als ich ihn vor ca. 2 Stunden fand, hing er eben schon dort! Insofern schwierig zu sagen. Ich bin ja kein Kriminalist oder Pathologe."

„Haben Sie einen Abschiedsbrief gefunden?" „Dort!" Ich zeigte auf das Blatt Papier. Egon nahm es und warf einen kurzen Blick darauf.

„Ist ja ein klarer Fall. Er kündigt seinen Tod an. Dann wollen wir ihn mal losschneiden. Ich schneide das Seil durch und Sie legen den Mann zu Boden!"

„Was? Ich soll den anfassen! Nie im Leben. Wir warten auf die Bestatter. Die können das bestimmt besser."

„Nun stellen Sie sich nicht so an! Sie müssen sich nur hinter ihn stellen und wenn er runterkommt, legen Sie ihn sofort ab!"

„Aber nur unter Protest!" Ich stellte mich hinter Büker. Egon kletterte auf den Eimer und schnitt mit seinem Diensttaschenmesser das Seil durch. Er musste ein paarmal schneiden, bis er rief: „Achtung, er kommt!"

Meine Arme hatte ich um sein Becken gelegt, damit ich ihn langsam runterrutschen lassen konnte. Doch war das Gewicht viel höher als erwartet, so dass der tote Kollege mich wie eine Keule traf und ich zu Boden ging. Konnte dabei jedoch verhindern, dass mein Kopf auf dem Boden aufschlug. Was ich nicht verhindern konnte, war, dass Bükers Kopf meine Nase touchierte. Der ganze Mann lag nun auf mir. Der war schwer. Egon kletterte schnell von dem Eimer herunter und zog Büker von mir.

„Ach Sie Ärmster! Sie haben aber auch immer ein Pech. Haben Sie sich verletzt?"

Ich richtete mich auf und stützte mich auf meinen Händen ab. Meine rechte Handfläche lag auf etwas. Zur Seite blickend und die Hand hebend entdeckte ich einen kleinen Schlüssel mit Schlüsselanhänger. Der war vorher nicht dagewesen. Ich hatte ja alles genau in Augenschein genommen.

„Ne, alles ok. Der war nur viel schwerer, als ich angenommen hatte! Und da war es auch schon passiert."

Als ich aufstand, umschloss meine Faust den Schlüssel. Ich konnte immer noch sagen, dass der auf dem Boden gelegen hatte. Der Beamte war nicht so gründlich gewesen, als er den Toten gesehen hatte. Später würde ihn ein ehrlicher Handwerker finden. Zwischen der Wand und dem Estrich war genug Platz für ein kleines Geheimnis. Aber dann würde ich dieses bereits kennen. Ein guter Plan! Ich steckte den Schlüssel unauffällig in meine Hosentasche.

Im Flur hörten wir Rufe: „Hallo, wo ist der Tote denn?" Ich blickte um die Türlaibung und sah zwei große, kräftige Herren schwarzen Hüten und Anzügen sowie weißen Hemden mit schwarzen Krawatten. Was wollten denn die Blues Brothers hier? Nur die Sonnenbrillen fehlten. Das konnten nur die Bestatter sein. Die wären nicht zu Boden gegangen.

Ein Auftritt, der dem eigentlichen Anlass des Besuchs seinen Schrecken nahm. Meine Mundwinkel beschrieben ein Lächeln. Hoffentlich sahen das auch Angehörige von Toten so, wenn diese beiden auftraten.

„Kommen Sie hier herein. Hier liegt der Mann! Wo ist denn der Sarg?"

„Der steht unten im Auto. In Gebäuden legen wir den Toten erst immer in den Leichensack. Wir können dann besser die Treppen runter. Hier wären wir nun ja mit dem Sarg hochgekommen, hier ist ja Platz. Aber in den alten LPG-Wohnungen ist es meist sehr eng. Wir sind im Übrigen die Bestatter!"

Die Zwei arbeiteten schnell und nach kurzer Zeit lag Büker in dem Sack. Die Wortspielerei: „Büker in den Sack" und „Da machen wir den Sack zu" bohrten sich in mein Bewusstsein, als der Reißverschluss des Leichensacks zugezogen wurde.

„Kopf oder Zahl?", fragte Elwood Jack. Ich hatte den beiden die passenden Namen gegeben. „Kopf", antwortete Jack. Elwood warf eine alte 1-Mark-Münze der DDR auf seinen Handrücken. Ich erkannte das Aluminium deutlich.

„Kopf! Du bist dran." „Oh, nicht schon wieder. Ab nächster Wochen nehmen wir eine D-Mark!"

Nun wurde klar, was die beiden gelost hatten. Elwood richtete den Leichnam auf und wuchtete ihn dem knienden Jack auf die rechte Schulter. Der stand langsam und mithilfe seines Kollegen auf. Mit in die Taille gestütztem rechten Arm schritt Jack nun zur Tür und rief über die linke Schulter: „Schönen Tag noch!"

Elwood wandte sich an Egon, der bislang teilnahmslos zugesehen hatte. Er kannte das Prozedere vermutlich. „Wir bringen ihn in die Pathologie ins Kreiskrankenhaus!" Egon nicke nur kurz und die Bestatter zogen davon.

Auf dem Weg zum Container betrachtete ich mein Fundstück. Auf dem Schlüsselanhänger stand klein und fast nicht lesbar in blauer Schrift „VR Bank Luckenwalde" und die Nummer „023". Das war ein Schließfachschlüssel. Ich brauchte nun einen Grund, um in die Kreisstadt zu fahren.

Nach ein paar Schritten war der Grund da. Ich musste den Leichnam offiziell identifizieren und das ging nur im Leichenkeller des Krankenhauses. Der Grund war etwas wackelig, aber es würde schon gehen. Nur der Dorfsheriff durfte mir nicht in die Quere kommen.

Im Container saß Helga. Sie sah mich mit betrübtem Blick an. „Wo ist er?", fragte ich sie und meinte damit natürlich Franke.

„Der Galabauer war hier und meinte, dass er nicht pflastern könnte, weil der Baustellenverkehr dabei stören würde."

„Sieh mal hier, habe ich gefunden." Ich hielt ihr den Schlüssel vor die Nase. „Ist von Büker und gehört zu einem Schließfach!"

„Wo war der?" Der Umstand des Fundes war schnell erzählt. Helga sah mich jedoch ärgerlich an.

„Den muss du bei der Polizei abjeben!"

„Na und die verschlampt dann wieder Ermittlungsergebnisse. Zuerst will ich wissen, was da drin ist. Büker hatte den nicht umsonst dabei. Danach kann der Schlüssel von einem ehrlichen Handwerker gefunden werden und die Polizei ermittelt dann."

„Da fahrn we aber zusammen hin! Ick will och wissen, wat da drin is!"

Wir fuhren später am Nachmittag mit ihrem alten Bulli über die Landstraße nach Luckenwalde. Die mit Bäumen gesäumte, mit Kopfsteinpflaster belegte Landstraße veranlasste Helga, noch vorschriftsmäßiger zu fahren als sonst. V85 war für sie keine Option.

Die Bank war schnell gefunden. Ob wir so an das Schließfach

kommen würden? Das war fraglich. Deshalb entwickelten wir schnell einen Plan.

„Ich gehe rein und informiere mich über die Anmietung eines Schließfachs. Wenn ich rauskomme, berichte ich dir und dann bist du dran. Einverstanden?"

Helga nickte mich an und zeigte mir den erhobenen Daumen. „Find ick ne jute Idee!"

Ich durchschritt die selbst öffnende Eingangstür und der Lärm der Durchgangsstraße wurde, nachdem sich die Tür wieder geschlossen hatte, sofort gedämmt. An der Theke war nichts los. Eine junge Frau stand dahinter und wartete auf Kunden. Das blondgerahmte runde Gesicht der Bankangestellten blickte mich freundlich an. Ihre blassblauen Augen blickten fragend.

„Was kann ich für Sie tun?"

„Ich möchte gerne ein Bankschließfach mieten und habe dazu ein paar Fragen. Kann ich das Schließfach auch als Nichtkunde anmieten?"

„Ja, mittlerweile geht das. Da so viele Fächer unbenutzt waren, hat sich die Geschäftsleitung entschlossen, auch an Nichtkunden zu vermieten. Der jährliche Mietpreis ist für ein Jahr im Voraus zu entrichten und wird bei einer darüberhinausgehenden Mietdauer bei Nutzung fällig."

„Wer kennt denn den Inhalt meines Schließfaches?

„Der Inhalt des Schließfaches ist Privatsache, nur der Kunde kennt ihn. Auch wir haben keine Kenntnis vom Inhalt der Schließfächer."

„Was passiert nach meinem Tod mit dem Schließfach?" Büker war ja tot. Da war die Frage berechtigt.

„Wenn die Erben keine Vollmacht und keinen Zugang zum Schließfach haben, wird es unter notarieller Aufsicht geöffnet."

„Was wäre denn eine Vollmacht?"

„Das mit der Vollmacht ist kompliziert. Wenn Sie den Schlüssel besitzen, kommen Sie bei uns regelmäßig an das Fach."

„Das ist prima. Denn ich wollte das Fach für meine Oma anmieten, die hat ihren alten Familienschmuck, den sie nicht mehr trägt, immer in einer Schublade liegen. Und wie gesagt, sie ist alt!"

„Da müssen Sie sich keine Sorgen machen. Wenn Sie dann nach ihrem Tod mit dem Schlüssel hierhin kommen, dann können Sie auch über den Inhalt verfügen."

„Das ist ja wunderbar! Dann bin ich bei Ihnen genau richtig. Ich werde morgen mit meiner Oma vorbeikommen. Sie kann dann erst mal für ein Jahr anmieten. Wie gesagt, sie ist schon alt. Ihnen noch einen schönen Tag."

Als sich die Eingangstür hinter mir geschlossen hatte, war mir klar, wie Helga es anstellen musste.

Ich erklärte es ihr: „Du bist die Frau von Büker!"

„Ne, det globste doch nicht, oder!" Sie grinste mich an.

„Er ist im Krankenhaus und kann nicht selbst kommen. Du benötigst aber die Papiere. Und schon biste drin."

„Na, denne. Uff in den Kampf."

20 Minuten später sah ich sie wieder auf den Bulli zukommen. Sie hielt einen Briefumschlag in der Hand, den sie nun vor der Brust hin und her wedelte, und trug dabei ein breites Grinsen im Gesicht.

„Allet in Butta! Det war janz eenfach! Die hat meenem Mann och noch jute Besserung jewünscht."

„Haste schon reingesehen?"

Sie schüttelte mit dem Kopf und öffnete den unverschlossenen Briefumschlag, als sie eingestiegen war. Helga las laut vor.

„Mein Testament!

Mein Vermögen soll zu gleichen Teilen unter meinen Neffen Mario, Andreas und Jens aufgeteilt werden.

Es handelt sich hierbei um …"

„Steht da auch noch etwas Interessantes?", unterbrach ich Helga.

„Ja hier unten, da wird es spannend!" Helga sprach jetzt hochdeutsch.

Zu dem Tod meines ehemaligen Freundes Conrad Kaul habe ich noch folgendes auszusagen:

Ich brachte ihn um, es war eine Tat aus Eifersucht. Ich traf mich am 16. Juni mit Conrad auf der Baustelle. Er hatte mich darum gebeten, da er mir etwas mitteilen wollte. Dass das auf der Baustelle war, hatte mich stutzig gemacht. Zudem sollten wir uns erst gegen 22 Uhr treffen.

Als ich dann gegen 22 Uhr am Baustellencontainer eintraf, saß er am Besprechungstisch und wartete auf mich. Ich hatte große Hoffnungen in dieses Gespräch gesetzt, da ich glaubte, dass er wieder zu mir zurückkommen wollte. Doch wollte er mir das Ergebnis der Bodenuntersuchung mitteilen und es mit mir besprechen.

Ich war tief enttäuscht und warf ihm vor, dass er sich nur für seinen Beruf interessieren würde und nicht mehr für mich. Er erwiderte, dass die Liebe zu mir durch mein Verhalten erloschen sei. Nun gab ein Wort das andere, bis Conrad einlenkte und mich bat, ihm wegen seines Bodengutachtens zuzuhören. Er drehte mir den Rücken zu, um das Gutachten vom Tisch zu nehmen.

In diesem Augenblick stach ich mit meinem neuen Anglermesser von hinten in sein Herz. Er fiel sofort um und war tot. Ich fühlte mich erlöst.

Um meine Tat zu vertuschen, rief ich Sergej Molotow an. Sergej kannte ich privat.

Sergej hatte gesehen, dass auf der Baustelle noch betoniert wurde. Er sprach mit den turkmenischen Schwarzarbeitern, so dass diese Conrad in dem Fundament, für die Entlohnung mit jeweils einem turkmenischen Jahresgehalt, beerdigten. Sergej sorgte auch dafür, dass der Container gesäubert wurde, und schob dem Obdachlosen das Portmonee von Conrad zu, damit dieser irgendwann als Verdächtiger verhaftet werden konnte.

Wann auch immer dieses Testament geöffnet wird, so möchte ich, dass die Wahrheit nach meinem Tod bekannt wird.

Wilhelm Büker

„Nun ist ja alles klar, Molotow hatte auch noch seine Finger im Spiel. Dann haben er und vielleicht auch seine Chefin im Hintergrund alle Fäden in der Hand gehalten und den zufälligen Tod des Bodengutachters dazu genutzt, dass das problematische Gutachten keine Probleme mehr bereitet."

„Und nu? Wat machen we denne jetzt?" Helga sah mich ratlos an, was sonst so gar nicht ihre Art war.

„Wir machen nun eine Kopie von dem Brief und dann bringst du den wieder zurück. Den Schlüssel findet morgen ein ehrlicher Handwerker und der übergibt ihn dann mir. Ich rufe den Egon an und der wird alles Weitere veranlassen. Zumindest nehme ich das an. Nur was wir mit dem kontaminierten Boden machen, das weiß ich auch noch nicht."

Helga legte ihre Hand auf meinen Unterarm, sah mich an und sagte: „Dann sollten wir es für heute dabei belassen und morgen neu überlegen, was zu tun ist."

Mittwoch, 26. Juni

Mein erster Gang führte mich zum Fundort Bükers. Dort arbeiteten nun Trockenbauer und Maler. In einer Fuge zwischen Estrich und aufgehender Wand deponierte ich den Schlüssel. Den Maler wies ich dann an, die Fuge vor den Malerarbeiten zu säubern. Die Schweden würden darauf viel Wert legen.

Ich lief danach eine halbe Stunde über die Baustelle und sah in manche Ecke, in die man besser nicht sah. Danach erreichte ich zufällig wieder den Bürotrakt.

Der Maler sprach mich an: „Gut, dass Sie da sind. Ich habe in der Fuge einen Schlüssel gefunden! Hier sehen Sie."

Er hielt den Schlüssel in der geöffneten Hand.

„Ach, das könnte der von unserem Statiker sein. Der hat so einen verloren!" Dass er dabei bereits tot war, verschwieg ich. Es machte keinen Sinn, diesem Maler mehr zu erzählen als unbedingt notwendig.

„Ich nehme den Schlüssel mit. Danke für Ihre Aufmerksamkeit!" Ich hätte auch sagen können: „Für Ihre Ehrlichkeit!" Aber damit würde ich allen anderen eine potenzielle Unehrlichkeit unterstellen. Das waren die Handwerksburschen - Mädchen gab es keine – hier auf der Baustelle auf keinen Fall. Die unterschlugen vielleicht Fehler bei ihrer Arbeit, aber so etwas wie Schlüssel oder sogar Geld, das auch schon einer fand, das gaben die immer schön ab.

Als ich Egon den Schlüssel zwei Stunden später im Container übergab, bekräftigte ich nochmals meinen bereits telefonisch geäußerten Verdacht, dass der Schlüssel nur von Büker stammen könnte.

„Das finde ich ja toll, dass Sie mich sofort angerufen haben! Danke für Ihre Ehrlichkeit!"

Ich erzählte ihm nicht, dass ich bereits wusste, was im Schließfach war. Sollte er ruhig an meine Ehrlichkeit glauben. Ob mir dadurch die Ehre, die das Ergebnis von Ehrlichkeit war, aberkannt werden musste, wollte ich nicht glauben, da meine Ehrlichkeit ja noch weitergehen sollte.

Helga und ich waren kurz vor Mittag alleine. Franke hatte einen Termin mit dem Bürgermeister.

„Was machen wir den nun mit dem Bodengutachten?", fragte

ich sie, als ich mir von dem seit über einer Stunde auf der Heizplatte der Kaffeemaschine stehendem Kaffee einschenkte. „Willst du auch einen Schluck?" Sie schüttelte mit dem Kopf.

„Ick jlobe, das we zum Kreis müssen! Wir sollten ganz offen mit denen reden."

„Dann glaubst du also, dass die Munack uns zuhört? Ich mache gleich mal einen Termin mit ihr und sage ihr, dass du ihr die geänderte Statik übergeben willst." Ich zeigte dabei auf einen Ordner, der offen auf dem Tisch lag.

Freitag, 28.Juli

Mit einem kleinen Konstrukt aus Notlügen hatten wir uns vormittags von Franke verabschiedet. Helga sollte die Akte zum Kreis bringen und ich zeitgleich bei der Polizei erscheinen.

Franke hatte den Frosch geschluckt. So fuhren wir erneut mit Helgas Bulli durch blühende Landschaften.

Vor dem Gebäudeensemble der Kreisverwaltung umkreisten wir die wenigen Plätze des Behördenparkplatzes.

Helga stieß mir ihren Zeigefinger in die Seite. „Sieh mal dort!" Ihr Finger wies auf einen 7er BMW. „Is dat nich der Schlitten von Lahmann?"

„Der müsste dann neu sein. Wobei das Kennzeichen passen könnte. Und wer sonst soll aus dem Landkreis mit Bauern ohne Rücksicht hier hinkommen."

„Mit wat? Bauern ohne Rücksicht!?"

„Die Bezeichnung der vermeintlich intellektuellen Münsteraner für das Kennzeichen BOR. Wir müssen auf jeden Fall vorsichtig sein. Der könnte uns hier tatsächlich über den Weg laufen."

Im Foyer des Gebäudeteils der Bauaufsicht gingen wir die Treppe hoch ins zweite OG. Helga hatte angemerkt, dass Lahmann bestimmt den Aufzug nehmen würde. Ich zog die Flurtür im OG auf, die niemals den strengen Anforderungen einer Brandschutztür standgehalten hätte, die eine Bauaufsicht zu überwachen hatte, um Helga den Vortritt zu lassen. Helga blieb abrupt stehen und drehte sich blitzschnell um 180 Grad zu mit um. Sie schlang ihre Arme um meinen Hals und zog mein Ohr an ihren Mund.

Sie raunte: „Los zurück! Lahmann ist grad dabei, das Büro von der Munack zu verlassen."

Wir flüchteten im Treppenhaus in Richtung Dachgeschoss und blieben auf dem Zwischenpodest stehen. Aus dem Fenster konnten wir den Parkplatz überblicken.

„Wir bleiben jetzt hier stehen, bis er unten in seinen Wagen steigt!" Helga nickte mir zustimmend zu. Nach nicht einmal einer Minute hörten wir die Tür unter uns. Zwei weitere Minuten später schritt ein grau gekleideter Mann aus dem Haus. Ich sah nur seinen Haarkranz, nicht aber das Gesicht. Er öffnete den BMW und in dem Augenblick, als er den Türschlag aufzog, blickte er einmal kurz zu uns. Wir sprangen hinter die Fensterlaibungen. Er war es. Was wollte Lahmann bei der Munack? Vorsicht war geboten.

Vor der Tür der Kreismitarbeiterin stehend, klopften wir an. Hinter der Tür hörten wir eine undeutliche Antwort. Ich hatte den Kopf noch nicht ganz durch die Tür gesteckt, da empfing mich eine Schimpfkanonade: „Ich hatte ‚warte' gesagt! Was wollen Sie denn nun auch noch hier? Ich habe nun aber die Schnauze voll! Sehen Sie zu, dass Sie verschwinden."

Ich zog den Kopf zurück und die Tür zu.

„Wat hat die denn nun! War ja eben wohl kein anjenehmes Jespräch mit Lahmann." Helga sah mich fragend an. „Da können we heut wohl nischt mehr erreichen."

„Ne, so schnell gebe ich noch nicht auf. Komm, wir gehen in das

Café gegenüber und warten eine halbe Stunde. Die hat sich dann bestimmt beruhigt."

Wir gingen über den Parkplatz zu Helgas Bulli. Ich blickte über die Schulter, da sich von hinten ein Auto näherte, das jedoch vor einer freien Lücke stehen blieb. Just in dem Augenblick, als ich meinen Blick abwandte, sah ich ein Fenster, das geöffnet wurde und kurz den Sonnenstrahl reflektierte. Im Fensterrahmen erschien Munack. Ich blieb stehen und fasste Helga an der Schulter und zeigte ohne weitere Worte auf das Fenster.

Ohne noch etwas sagen zu können, eskalierte die Situation. Munack stieg, sich mit den Händen festhaltend, auf den Fensterrahmen, ihr grauer Faltenrock flatterte im leichten Wind, und sie sprang!

Helga schrie kurz auf, als Munack in den Büschen des Grünstreifens landete. Wir rannten los.

Sie lag in den zu groß gewordenen Bodendeckern und rührte sich nicht. Da ich kein Blut sehen konnte und sie auch atmete, zog ich sie an den Händen fassend aus den Büschen. Diese Art der Bergung wurde nicht unbedingt in Erstehilfekursen gelehrt, doch war sie effektiv und einfach.

„Ick ruf die Rettung!" Helga lief zum Gebäudeeingang zurück. Ich kniete mich neben die Frau und überlegte, ob eine Mund-zu Mund-Beatmung angeraten sei. Doch hielt mich die starke Oberlippenbehaarung spontan davon ab. Glücklicherweise regte sie sich auch in diesem Augenblick, so dass es nicht nötig wurde, mich doch noch zu überwinden.

Sie stöhnte, öffnete ihre Augen und sah mich kurz an. Ich hatte mich zwischenzeitlich hinter ihren Kopf gekniet und meine Jacke darunter geschoben. Sie sah mich nun auf dem Kopf stehend. „Ah, was machen Sie hier, habe ich vor Ihresgleichen gar keine Ruhe mehr?", sagte sie und schloss die Augen wieder.

Helga kam angelaufen. „Die Rettung ist unterwegs! Hat se schon wat jesagt?"

„Ja, sie machte mir bereits einen Vorwurf über meine Anwesenheit und schloss dann wieder die Augen. Ich habe ihr noch nicht gesagt, dass jemand, der aus dem zweiten Stock in kniehohe Büsche springt, höchstens ein Aufmerksamkeitsdefizit-Syndrom hat. Das können ihr später ihre Therapeuten verklickern. Lass uns gehen!"

„Ne, du kannst jetzt nicht eenfach abhauen. Wir müssen schon noch auf die Rettung warten!"

Glücklicherweise kam die auch nach 10 Minuten. Munack war auch wieder zu sich gekommen und klagte lediglich über Schmerzen im Bein. Ich hatte noch gefragt, warum sie denn gesprungen sei. Sie hatte nur geantwortet: „Sie haben ja keine Ahnung, junger Mann!" Auf dem Rückweg hatten Helga und ich noch lange darüber spekuliert, was wohl der Auslöser für diese Verzweiflungstat gewesen war. Wir waren uns sicher, dass es nicht unser Erscheinen in der Tür gewesen war. Vermutlich hatte Lahmann sie mit irgendetwas unter Druck gesetzt. Der hatte die Dame bestimmt in der Hand. Unseren Plan konnten wir nun vorerst vergessen. Wir waren ratlos. Wie sollten wir das Geheimnis um den belasteten Boden nun publik machen, ohne dabei selbst zu sehr in den Fokus eines allgemeinen und speziellen Interesses zu geraten?

Dienstag, 01.August

Helga kam strahlend in den Container. Ich war allein.

„Ick hab die Lösung! Jestern Abend rief ick enen Parteifreund im Umwelt-Ministerium an. Der wiederum hat en Freund bei dem Bundesbeauftragten für die Unterlagen der Stasi anjerufen. Dort gibt es nun einen Aktenhinweis in einer Stasi-Akte, dass der Boden hier belastet ist. Die Bundeswehr, als Verkäuferin des Grundstücks, die einen Tipp von der Stasibehörde bekommt, wird nun tätig werden."

„Das ist ja mal eine Nachricht! Dann sind wir beide aus dem Schneider! Wir haben aufgeklärt und geschützt! Mir fällt ein Stein vom Herzen. Danke Helga. Ich habe dir schon einen Kaffee gemacht."

Franke erschien in der Tür. „Na, schon wieder Kaffeekränzchen?"

Weiter kam er nicht. Das Telefon klingelte. Helga nahm ab und lauschte. Sie reichte den Hörer an Franke weiter, der sich noch nicht gesetzt hatte. „Für dich, die Bundeswehr, ein Oberstleutnant Kodeva! Will einen Verantwortlichen hier sprechen!"

Franke nahm den Hörer in die Hand.

„Ich bin der Verantwortliche hier, Egbert Franke, Viertes Reserve-Bataillon Coesfeld! Stauffenberg-Kaserne! Was kann ich für Sie tun, Oberstleutnant?" Franke lauschte!

Mir wurde klar, wo die Gröbaze dieser Welt geschmiedet wurden und ihre Führungsqualitäten, die sie auch in 40 Jahren nicht verloren, lernten.

„Jawohl, Herr Oberstleutnant!" Franke stand stramm vor dem Schreibtisch. Er hatte Haltung angenommen.

„Gut, Herr Oberstleutnant, ich erwarte Ihren Besuch!" Franke legte auf.

„Wir sind im Arsch! Jetzt haben sie uns erwischt!" Franke ließ sich schwer auf einen Stuhl fallen.

„Warum sind we im Arsch! Nu sag schon. Wobei haben sie uns erwischt? Ich habe nichts gemacht!" Helga sah Franke fragend an.

Franke sah auf einmal alt aus. „Möchten Sie einen Kaffee? Wasser haben wir keins. Nicht, dass Sie gleich zusammenklappen!"

„Die Bundeswehr hat einen Hinweis darauf, dass hier auf dem Gelände Giftmüll vergraben ist. Noch aus NVA-Zeiten."

„Und stimmt das?", Helga hakte direkt nach.

„Ich weiß es nicht genau. Aber im letzten Bodengutachten von Kaul war ein Hinweis darauf."

„Das kann nicht sein. Ich habe alle 6 Gutachten gelesen. Da stand nichts drin.", musste ich mich zum Zwecke der Wahrheitsfindung nun einmischen.

„Es gibt noch ein siebtes. Das liegt bei mir in der Wohnung! Wir, das heißt Lahmann, Otto und ich, hatten beschlossen, das Gutachten unter Verschluss zu halten. Wenn das rauskommt, dann ist nichts mehr mit Eröffnung zu Weihnachten. Dann ist das Center tot! Wir können alle einpacken! Gut, dass das Gutachten sonst keiner gesehen hat, dann wären wir dran. Und ihr haltet die Klappe!"

Nun wollte ich es aber genauer von ihm wissen: „Was steht denn Schlimmes da drin?"

„Ach, der Kaul hat da irgendwelche Gefahrenstoffe gefunden, die für Menschen, wenn sie sich länger hier aufhalten, giftig sind."

„Das jibt es doch nich! Was ist denn mit uns! Halten wir uns nicht länger hier auf?", Helga raunzte Franke an.

„Ne, für uns war keine Gefahr, da kann nur was passieren, wenn wir uns hier jahrelang aufhalten."

„Na dann bin icke mal jespannt, was die Bundeswehr nun hier will."

Zwei Stunden später fuhr ein olivgrüner Bulli mit Y-Kennzeichen vor. Zwei uniformierte Soldaten stiegen die Treppe hoch. Franke war bereits aufgestanden. Der erste der beiden erschien in der Tür und Frank versteifte sich förmlich und legte die Hand zum militärischen Gruß an die Stirn. Die Soldaten grinsten sich an. Der erste, der reingekommen war, gab ein knappes „Rühren!" von sich.

„Sie sind Herr Franke, wenn ich mich nicht irre!"

„Jawohl Herr Oberstleutnant, Ich bin Egbert Franke! Und das sind meine Mitarbeiter Herr Beermann und Frau König."

„Dann zeigen Sie mir mal die Bodengutachten, mal sehen, was drinsteht."

Franke sah mich an. „Los Beermann, was sitzen Sie da noch rum. Sie haben doch den Herrn Oberleutnant gehört. Zack, Zack!"

„Zu Befehl, Herr Oberbauleiter!" Ich sprang auf und legte gleichfalls die Hand an die Stirn. Der Soldat grinste nun mich an. Insgesamt machte der Besuch der Bundeswehr einen humoristischen Eindruck.

Als alle Gutachten auf dem Tisch lagen, legte er sie alle nebeneinander. Anhand der Zeichnungen konnte er schnell zuordnen, für welchen Bereich die Gutachten waren. Er sortierte sie nun nach den örtlichen Begebenheiten.

„Herr Beermann, da müsste noch eines fehlen. Hier in der Mitte, das fehlt."

Nun galt es, Unwissenheit vorzuführen. „Äh, ich kenne nur diese sechs Gutachten." Ich sah Franke demonstrativ an und fragte: „Kennen Sie noch ein weiteres, Herr Franke?"

„Ne, das war wohl bei unserem Bodengutachter in Arbeit. Doch der ist vor Kurzem verstorben."

„Nun, dann wird in dem Gutachten wohl stehen, dass hier Giftstoffe gefunden wurden. Wobei ich wohl eher im Konjunktiv sprechen muss. In dem Gutachten würde stehen. Zumindest werden wir das jetzt prüfen. Die Bundeswehr darf nicht in den Ruf kommen, sie würde sich nicht um aufgegebene Militärstandtorte kümmern. Wir werden nun Bodenproben nehmen. Sie hören von mir!"

Er stand auf, legte die Hand zum militärischen Gruß an die Stirn und verschwand.

Franke saß zusammengesunken auf dem Stuhl. Er sah nicht gut aus. Ich gab Helga ein Zeichen und zeigte auf Franke.

Sie erkannte meine Sorge direkt und sprach ihn an: „Is dir nich jut? Willste en Kaffe?"

Franke blicke auf. Seine Augen waren gerötet, sein Gesicht

bleich. Er flüsterte: „Ich muss nun mit Lahmann sprechen, alleine! Geht ihr mal kurz raus!"

Freitag, 11. August

Die Bundeswehr war ohne weitere Informationen abgerückt. Wir hatten weitergearbeitet. Das war zumindest die Vorgabe von Lahmann gewesen. Seine Botschaft hatte gegenüber Franke gelautet: „Die müssen erst mal was finden!" Franke hatte auch neuen Mut gefunden und sein wahres Ich, den Gröbaz, wiederaufleben lassen. Bislang hatten wir noch nichts von denen gehört.

Gegen 9 Uhr klingelte das Telefon. Helga nahm ab. „Ja, der ist hier! Augenblick!" Sie berlinerte nicht! Es musste ernst sein.

„Egbert, für dich!" Sie hielt mit einer Hand die Muschel des Hörers zu. „Die Bundeswehr! Bist du da?"

„Na klar bin ich da!"

So klar war das nicht. Oftmals ließ sich Franke auch verleugnen. Nun konnte er jedoch nicht fliehen. Damit raunzte er Helga an: „Gib schon her!"

„Franke!"

Er sagte nichts und hörte aufmerksam zu.

„Was, das kann nicht ihr Ernst sein! Dann sind wir ruiniert." Er legte den Hörer auf!

„Was ist?", fragte Helga.

Wobei die Frage überflüssig war. Die schlossen die Baustelle. Ich wusste nun nicht, ob ich froh oder traurig sein sollte. Was hatte ich damit erreicht, dass die Baustelle nun geschlossen wurde?

Erreicht hatte ich, dass keine Menschen mehr durch Giftstoffe gefährdet wurden oder werden konnten. Ich vermutete, dass eine weitere Konsequenz die bereits vermutete Arbeitslosigkeit sein würde. Aber das war nun auch nicht so schlimm.

Franke saß zusammengesunken am Tisch und blickte mit resignierendem Blick zu uns auf. „Die machen uns den Laden dicht. Noch heute kommt das Umweltamt zusammen mit einem Staatsanwalt und legt die Baustelle wegen akuter starker Gefährdung der Bevölkerung still! Wir müssen sofort unsere Sachen packen und hier verschwinden."

Franke sackte auf dem Stuhl zusammen; er war wie neulich ganz blass. „Das ist das Ende!", flüsterte er und sein Körper kippte zur Seite und er fiel zu Boden.

Keine Belohnung

Frankes Beerdigung, in seinem Heimatort in Warendorf war mit großer Beteiligung gewesen. Ich hatte nicht geahnt, dass er so viele Menschen kannte.

Ich nahm mir Urlaub, mein Chef hatte mir zudem nahegelegt, mir kurzfristig einen anderen Job zu suchen. Somit hatte ich Zeit, Zeit, ein Buch zu lesen, und Zeit, um sie mit Susanne zu verbringen. Deshalb rief ich meinen alten Freund, den Bürgermeister aus Havixdorf an, ob die Ferienwohnung in Pornic in Frankreich an der Atlantikküste frei sei, ich bräuchte etwas Erholung.

„Hast du mal wieder Detektiv gespielt und was auf die Nase bekommen?", war seine süffisante Frage gewesen. „Du kannst da rein. Aber diesmal zahlst du den Wein!"

Wir saßen drei Tage später, Ende August, in unserem kleinen Café in dem kleinen Hafen von Pornic auf der kleinen Terrasse, sahen dem Sonnenuntergang zu. Auf dem Tisch mit dem nicht mehr ganz sauberen Tischtuch lag eine Schachtel Gauloises und in meiner Hand hielt ich ein Glas Rotwein. Charles Trenet säuselte im Hintergrund „La Mer". Ich verstand kein Wort und hielt Susannes Hand. Der Atlantik vor uns spiegelte silbrig, verschmolz am Horizont mit dem tief stehenden Sonnenhimmel, vor uns brachen sich die kleinen Wellen zu Schaumkronen und ich fühlte den Frieden in mir.

Ich beschloss, dass ich nun nicht mehr der schnellen Karriere als Bauingenieur hinterherrennen wollte. Sollte mein alter Schulfreund Ingo doch die Wette gewinnen und als Erster einen Porsche fahren. Eine Bewerbung im Öffentlichen Dienst war nun angebracht.

Drei Jahre später fuhr ich an der Baustelle vorbei. Auf einem Schild weit vor der Autobahnabfahrt zum Center lass ich bereits „Weltgrößte Indoor-Kartbahn". So konnte man eine Immobilie auch umfunktionieren. Der kontaminierte Boden war wohl kein Problem mehr.

Helga war in eine Hafenstadt an der Nordseeküste gezogen, saß im Stadtrat und hatte ihr spezielles Berlinerisch fast vollständig abgelegt. Wir telefonierten hin und wieder miteinander.

Lahmann hatte seine Firma gesundgeschrumpft und baute Einfamilienhäuser im Ruhrgebiet.

Die HOG war erloschen. Otto hatte sich als Privatier zurückgezogen.

Frau Wolski-Zeizig hieß nur noch Wolski und war von der politischen Bühne in Berlin verschwunden. Verschwunden war auch Molotow. Ich fand nie heraus, was aus ihm geworden war.

Ich selber hatte mein neues berufliches Ziel erreicht und in einer Kreisstadt im Münsterland in der Bauverwaltung meine berufliche Zukunft gefunden.

Danke

Die Geschichte dieses Buches ist vollständig in öffentlichen Verkehrsmitteln entstanden. Mittlerweile entfaltet sich meine Fantasie hervorragend, wenn ich im Bus auf meinem Lieblingsplatz sitze. Damit gebührt den Fahrerinnen und Fahrern der Busse, die kreuz und quer sicher durch das Münsterland fahren, mein erster Dank.

Die wunderbare Idee mit „Gröbaz" legten mir meine Kollegen Matthias und Martin in die Tastatur. Wie Menschen aussehen, wenn sie aufgeregt herumschreien, daran erinnerte mich Martin und er beschrieb mir seine Erfahrungen.

Wie sich Hydratationswärme entwickelte und wie Beton nachbehandelt wird, erklärte mir Christian nochmals, der mit diesen Dingen wesentlich bessere Erfahrungen hat als ich.

Hella kannte eine Geschichte, bei der eine Mitarbeiterin einer öffentlichen Verwaltung aus dem Fenster gesprungen war.

Geplante neue Geschichte

Zimmermannskirche

Adrian hat, wie geplant, einen Job in der öffentlichen Verwaltung gefunden. In Coesfeld in der Fachabteilung Hochbau ist er für die Unterhaltung der städtischen Kindergärten zuständig. Es ist eine schöne überschaubare Arbeit. Bis er eines Tages vom Bürgermeister direkt angesprochen wird, ob er nicht gerne maßgeblich mit ihm zusammen ein großes Prestigeprojekt der Stadt umsetzen wolle. Er wäre dann nur ihm, dem Bürgermeister, in einer Stabsstelle mit besserer Vergütung unterstellt.

Die Stadt will die alte Garnisonskirche Zum Heiligen Josef umbauen zu einem Haus der Jugend. Im Volksmund wird die Kirche Zimmermannskirche, nach dem Beruf des Namensgebers und weil auf dem Gelände der Kirche einmal eine Zimmerei gestanden hat, genannt.

Bürgermeister Rürmann hat dabei einige Hindernisse zu bewältigen. Denn eigentlich will keiner seiner politischen Freunde dieses Projekt. Doch Rürmann hat sich in den Kopf gesetzt, dieses Projekt vor dem Ende seiner beruflichen Laufbahn unbedingt umzusetzen. Er scheut keine Mittel und Wege. Adrian spielt das Spiel begeistert mit. Bis zum ersten Toten.

Bereits veröffentlicht

Die Sehnsüchte eines Studenten

Der Autor schlüpft in den unerfahrenen Ingenieurstudenten Adrian und führt die Leserschaft mit ihm in einen früheren persönlichen Lebensabschnitt, welcher aus der Suche nach der großen Liebe, der Überwindung elementarer Enttäuschungen und dem Erreichen der eigenen Balance besteht. Transparent und einfühlsam werden die einzelnen Begegnungen mit den unterschiedlichen Frauen geschildert, die den Lebensweg des jungen Mannes maßgeblich beeinflussen. Münster in Westfalen und die Fachhochschule Münster sind der Schauplatz der Geschichte des Sauerländers Adrian. Begleitet wird die Geschichte von der Musik von Al Jarreau, Hermann van Veen, Edith Piaf und anderen.

- ◎ **Broschiert:** 180 Seiten
- • **Verlag:** Books on Demand (November 2011)
- • **ISBN-10:** 3842363710

Der Havixdorf Komplott

Eine Geschichte über die öffentliche Verwaltung, so, wie es in unserer Fantasie real ist. Doch gut, dass die Realität anders ist. Adrian tritt eine Stelle im Havixdorfer Rathaus an und stellt fest, dass dort merkwürdige Auftragsvergaben durchgeführt werden. Seine Fragen hierzu machen den Rotwein liebenden Bürgermeister nicht sonderlich stutzig. Der Versuch, dieses aufzuklären, führt zur Erkenntnis, dass es dabei um Geld geht. Geld kann der in finanziellem Engpass steckende junge Mann jedoch auch gut gebrauchen. Er möchte etwas vom Kuchen abhaben.

- ◎ **Broschiert:** 186 Seiten
- • **Verlag:** Books on Demand (März 2014)
- • **ISBN-10:** 3732293823
  Auch als eBook erhältlich

Fachbücher beim Vieweg+Teubner:

Vergabepraxis für Auftraggeber

Rechtliche Grundlagen - Vorbereitung – Abwicklung

ISBN: 978-3-8348-1325-1

Vergabepraxis für Auftragnehmer

Rechtliche Grundlagen - Angebot – Durchführung

ISBN: 978-3-8348-1500-2